やがてラブコメに至る暗殺者2
駱駝
ill. 塩かずのこ
JN034553

Contents

やがてラブコメに至る暗殺者2

The Assassin
Who
Reaches to
a Rom-Com.

# プロローグ
# 買物任務

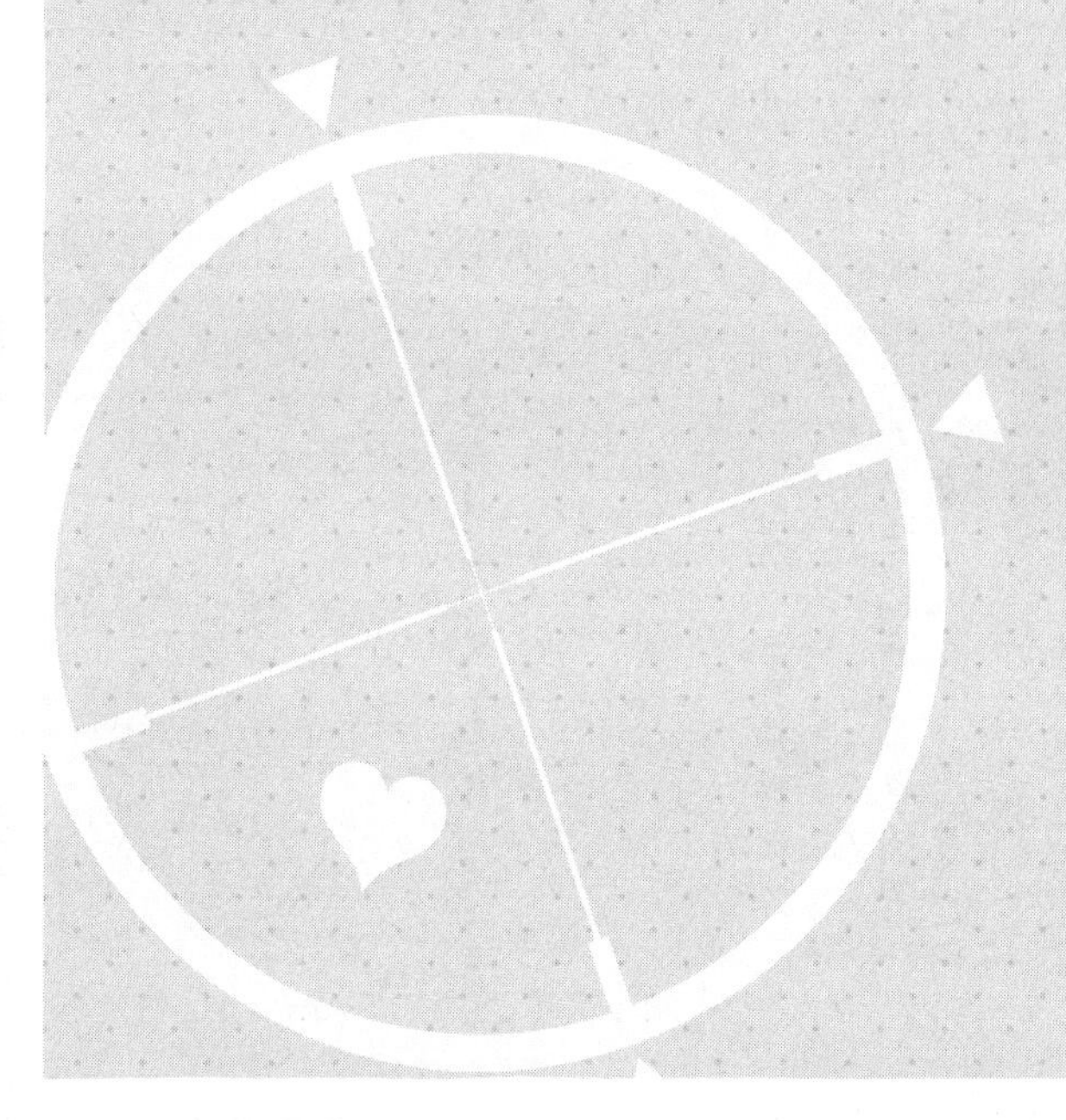

「ついたね、シノ！」

「そうだな、エマ」

放課後。直正高校をあとにした俺——久溜間道シノと鳳エマは、二つ隣にある駅の大型ショッピングモール『ポートシティ岩堀プラザ』を訪れていた。

「あれ？　あそこにいるのって、うちの生徒じゃ……」

「サッカー部に所属する、一年の岡野と杉本。それに、マネージャーの内海だな」

「すごいね……。一年生の名前もちゃんと知ってるんだ……」

「うむ。今日は部活が休みだったから、息抜きに訪れているのだろう。……好都合だな」

「好都合？」

「ああ。彼らに目撃されれば、俺達が仲睦まじい恋人同士であるとより認識してもらえる」

ここ——ポートシティ岩堀プラザは、直正高校の生徒がよく訪れる地域の人気スポットだ。

そんな場所に、うら若き男女が二人で訪れて何をするか？　決まっている。デートだ。

「むぅ〜。シノ、それだとほんとは仲が悪いみたいに聞こえる」

「すまない……」

しまった。今の発言は不用意だ。

もしも、誰かに聞かれていたら、間違いなく俺達の関係は疑われていただろう。

エマに注意されて、当然だ。

「だが、忘れないでほしいことがある」

「え？」

ならば、使うしかあるまい。この俺が所持する、究極の恋人技術（こいびとスキル）を。

「ここには多くの人がいる。だが、俺の瞳に映っているのは……エマ、君だけだよ」

「うわぁ……。あ、ありがとう……」

おっと、どうやらやりすぎてしまったかな？

エマが感激のあまり、一周して汚物を見るような眼差（まなざ）しになってしまったではないか。

ロマンチックを極めすぎて、すまない。

「では、今日は存分にデートを楽しもう」

「うん……。心なしか、すごく不安だけど……」

俺達には少々特殊な事情があり、互いに恋愛感情を抱いていないにもかかわらず、恋人関係を結んでいる。

無論、その事情が知られることも、俺達が偽りの恋人であることを知られるのもご法度（はっと）。

だからこそ、普通の恋人と周囲に認識してもらうために、普通のデートは必須事項。

ここでエマと普通の楽しいデートを遂行すれば、多くの生徒が俺達を目撃し、恋人同士であることを疑う者などいなくなるだろう。…………目的はそれだけではないがな。

「ねぇ、シノ。それで、どこに行くの？」

「そうだな……」

かつての俺は、恋愛観がずれていたことが原因でエマを困惑させることが多々あった。

だが、今は違う。数多(あまた)の訓練教材を読破し、知人友人家族からアドバイスを募り、多くの知識を得たことによって、デートのプロフェッショナルとなった。

クックック……。楽しみにしていろよ、エマ。

恋人として、君に最上のデートを体験させてみせようではないか。

「おすすめのスポットは、駐車場の従業員口から向かうことのできる倉庫区画だ。使用されていない区画があって、怪しげな取引や人質の拘束場所として非常に役に立つ」

「行かないよ？」

「ふっ……。お茶目なジョークだ」

「シノが言うと、ちょっと笑えない」

どうやらエマは、俺を見くびっているようだな。

新たなるデートプランを身に着け、大いなる成長を遂げたこの久溜間道(くるまみち)シノの実力を。

「クレープを購入しにいこう。ここには評判の店があるからな」

「あっ！　ＲＵＳＡだよね？　私も、前から行ってみたかったの！」

明るく無邪気な笑み。俺の手を優しく、それでいて強く握りしめてくれる。

だから、俺も彼女の手を握る力を少しだけ強めた。

「ふふふ……。何だか、こういうのっていいね……」

「ああ」

クレープよりも甘い時間を堪能しながら、俺達は目的の店へと向かう。

ポートシティ岩堀プラザは吹き抜けの構造になっており、俺達のいる二階から一階の様子がよく見える。なので、下のフロアを確認してみると……

「ホリ、ホリ、ホリ～！」

「えーっと、ホリッ君。僕じゃなくて、子供達をだね……」

ゴールデンレトリバーをモチーフとした、ポートシティ岩堀プラザのマスコットキャラ……ホリッ君が警備員さんと戯れていた。楽しそうで何よりだ。

その後、クレープショップＲＵＳＡで一五分ほど列に並び、俺はカスタードバナナを、エマはイチゴチョコを購入し、ショッピングモールに設置されたベンチへ。

エマと共に腰を下ろすと、はにかんだ笑顔を向けてくれた。

「じゃあ、いただ……あっ！」

「あむ」

エマが食べようとしたクレープを、まずは俺が一口。イチゴとチョコの相性が抜群だ。

「あ〜！　シノ、私の勝手に食べたぁ！」

「美味(うま)そうで、我慢できなかった。エマも安心して食べてくれていいぞ」

毒物の混入はないようだな。

俺のほうは……うむ。こちらも問題なし。カスタードの風味が口内に優しく広がり、アクセントとしてバナナが素晴らしい役目を果たしている。

「なにそれ？　まぁ、食べるけど……っ！」

そこで、エマが何かに気がついたのか、どこか照れ臭そうに両手で持っているクレープを見つめている。特に、俺のかじった部分を重点的に。

「どうかしたのか？」

「な、なんでもないよ！　そうだ！　シノのも！　シノのも私に一口ちょうだい」

「構わないぞ。では……ん？」

「あ、あーん……」

エマが頬を朱色に染めながら、俺へ向けて口をあける。

これは、訓練教材で確認したことがある。自分で食べるのではなく、あえて恋人に食べさせてもらう。それにより、絆(きずな)をより深められるという上級恋人技術(こいびとスキル)だ。

さすが、エマだな。細かいところまで気遣いが行き届いている。

ならば、俺も恋人として一流のあーんを提供しようではないか。

エマの口の大きさを計測。投入すべきクレープの割合は、生地を三、クリームを六、バナナを一が理想的なバランス。この条件に最も適したポイントは……ここだ！

「あむ！　……わっ！　美味しい！」

ふっ……。これまで、厳しい訓練をこなしてきただけあったな。完璧なあーんだ。

だが、これだけで終わらないのが、この俺――久溜間道シノである。

「エマ、少しクリームがついているぞ」

「え？　……あっ！」

エマの口周りに付着したクリームを指ですくいとり、自らの口内へと投入。

これぞ、クレープで行える上級恋人技術、指パックンである。

あえて過剰量のクリームを投入することにより、ロマンチックな演出が可能となるのだ。

「もう、シノのくいしんぼ……」

エマも素晴らしい演技力だ。そのはにかむ笑顔を見て、俺達が偽の恋人だと疑う者など誰一人としていないだろう。まさか、ここまで上手くいってしまうとはな……。

これならば、明日からはいついかなる時にエマからクレープを要求されたとしても、完璧なあーんをこなすことができるだろう。

………

……

クレープを食し終えたところで、俺達はベンチから立ち上がった。

「さて、そろそろ行くか」

「次はどこに行くの？」

「アパレルショップ、ミルキーズだ」

「え？　いいの？」

エマが瞳に疑問を浮かべながら、俺へと問いかける。

「ミルキーズは女の子向けのお店だし、シノはあんまり……」

「気にすることはない」

僅かに高鳴る鼓動とは真逆の、どこか淡々とした声で俺はそう告げた。

ハッキリ言わせてもらえば、ここまでのデートは序章。ここからが本番だ。

先日、俺は我が父……久溜間道（くるまみち）ダンからとあるデートの極意（いい）を教わった。

『いいか、シノ？　デートには、サプライズがあるとより良いものになる。ここまで言えば、何をすべきかは分かるな？』

デートにおけるサプライズとは、日常生活では決して経験することができない特別な経験を、恋人へと提供するもの。これが極上のスパイスとなり、普通のデートがより普通のデートへと昇華されるのである。普通のデートをするために、特別な演出を入れるという矛盾。

恋愛というのは、かくも奥深いものだ。

「いつもの感謝も込めて、君に贈り物をしたいんだ」

「私に⁉　そんなのいいよ！　私は充分……」

「君が充分でも、俺が納得できない。だから贈らせてほしい。……ダメか？」

「うぅぅ……。そんな真っ直ぐ見られると……分かったよ……」

顔を赤くし俯きながらも、視線は真っ直ぐに俺へ。可愛らしい仕草だな……。

「で、でも！　それなら、後でシノの服も見に行こ！　私だってシノに感謝してるんだから、その気持ちを込めてちゃんとプレゼントがしたい！」

「分かった。楽しみにしている」

俺達は離れていた手を再度繋ぎ、移動を開始した。


…………

……


「いらっしゃいませぇ！」

俺達がミルキーズへ入店すると、活気のある声で女性店員が声をかけてきた。

名前は牛山というのか。

客は、俺達を除いて一人だけ。他には、女性店員がもう一人。こちらの名前は牛草。

この店は、『牛』という漢字が苗字についていないと採用されないのだろうか？

「本日はどのような物をお探しで？」

「あっ！　えと……、えと……」

「彼女に服をプレゼントしたくて来ました。何かいい物はありますか？」

緊張してしどろもどろになるエマを横目に、俺は牛山さんへそう伝えた。

エマは案外、人見知りをするところがあったのか。また一つ、新たな一面を知れたな。

「プレゼントですか！　ふふっ……。素敵な彼氏さんですね！　そうですねぇ～。今年の流行はオレンジなので、この辺なんかがおすすめですよ！」

年によって、色の流行があるだと？　いったい、誰が流行らせている？

「ワンピースですか。……エマ、どうだ？」

「えと……すごく可愛い！　私、このデザイン好き！」

「でしょう？　では、どうしますか？　早速、ご試着を？」

「いえ、もう少し他の物も――」

『シノ兄、警備員に紛れてた刺客はパパが仕留めてくれたよ！　これで、あと一人！』

「試着をさせて下さい」

牛山さんの目を真っ直ぐに見て、俺はそう伝えた。

「かしこまりました！　それでは、こちらにどうぞ！」

案内に続き、俺とエマは試着室のほうに向かう。

「では、こちらで……って、あれ？」

牛山さんが困惑した眼差しを俺へと向ける。それもそうだろう。なにせ試着室まで案内したと思ったら、そこにはエマではなく俺が入ろうとしているのだから。

「シノ？」

エマもまた困惑した眼差しを俺へ。よしよし、作戦は順調だな。

それでは見せてやろうではないか。久溜間道シノ、渾身のサプライズを。

「その、彼氏さんが入られるので？」

「ああ。だが、一人で入るのではない。……お前と二人でだ」

「…………っ！」

そう告げた瞬間、牛山さん……いや、牛山が動いた。

敵の装備……腕に仕込んでいた隠しナイフのみ。銃器の類を取り出す素振りはなし。周囲の状況……問題なし。

エマが壁になり、店外にいる一般来場者やもう一人の店員には気づかれていない。

「死ね、光郷シノ！」

牛山が俺へナイフを振るう——が、残念だったな。俺のほうが早い。

「……かっ！」

牛山の声が小さく響く。先に攻撃が届いたのは、俺だ。

ナイフを取り出した瞬間にはもう俺は動き出しており、掌底で顎を貫いた。

そして、衝撃で千鳥足になった牛山の体を抱き止める。

「な、なんで、私の正体を……くそ……」

この女は、ただのアパレル店員ではない。

俺の命を狙う、卓越した暗殺技術を持つ課報員だ。

「こちら『新影』。目標の鎮圧に成功した」

『お疲れ様！　じゃあ、あとは事後処理だね！』

「ああ」

ブレスレット型の通信機で、俺の妹……チヨへ返事をする。

さて、次は――

「あの、さ、シノ。もしかして、これって……」

「うむ。光郷オリバーに雇われた諜報員の残党が、この施設に潜んで俺達が訪れた際に命を狙っているという情報を入手してな。そんな罠が仕掛けられているならば、こちらからかかりにいったほうが手早く済むだろう？」

「…………へぇ」

心なしかエマが氷河期のような眼差しを向けている気がするが、気のせいだろう。

それよりも、まずはこの刺客の処理をせねばな。

「エマ、少しそこで待っていろ」

そう告げて、俺は牛山と共に試着室へと入室。その後、状態を確認。

ふむ……。芝居ではなく、完全に意識は失っているな。

なら、あとは……

「お疲れ様、シノちゃん。ここからは、私に任せて」

予め店内に客として潜んでいた母さん……久溜間道イズナに任せるとしよう。

「頼んだ、母さん」

というわけで、俺は母さんと入れ替わる形で試着室の外へと出た。

「待たせたな、エマ」

「お疲れ様です。それで、どうなったのでしょうか？」

なぜ、敬語に？

「この通りだ」

そう告げると、試着室のカーテンが開く。そこから現われたのは……

「ふふふ……。お待たせしましたぁ！　すみません、私が試着室に入っちゃうなんてうっかりですよねぇ～！」

先程、俺に意識を奪われた刺客……牛山の姿に扮した母さんだ。

突然、店から店員が消えたら不自然だからな。

こういう時、母さんの変装技術は非常に頼りになる。

ついでに、ミルキーズの入り口近辺にはホリッ君が立っていて、

『回収はこちらでやっておくホリ』

ワイヤレスイヤホンから、少々奇抜な語尾となった父さんの声が響いた。

誰にも聞かれていないというのにキャラを徹底するとは、さすがは父さんだ。

よし。ここは二人に任せるとして……

「どうだ、エマ？　素晴らしかっただろう？」

「はい？」

俺は、エマとの恋人任務（ミッション）に戻ろうではないか。

「ちょっとしたショッピングデートに、刺激的な任務（ミッション）！　これこそ、俺が見出した理想的なサプライズの形だ！　これで、俺達はより周囲から恋人と思ってもらえるだろう！」

「うっわぁ……」

おっと、エマが感動のあまり、ドン引きするような表情を浮かべてしまっているぞ。

やりすぎてしまったかな？

「では、今日のデートはこれでおしまいでしょうか？」

「ああ」

「先程の贈り物というお話は？」

「ふっ……。あの言葉を聞いて、俺達の関係を疑う者などいるはずがないだろうな」

「…………っ！　つまり、この後は……？」

「やるべきことはやったし、帰宅するだけだな」

「左様でございますか」

はて？　なぜ、エマはつかつかと先に歩き出してしまっているのだ？

俺達は、任務でここに来ているのだぞ。任務は帰宅するまでが、任務だ。

常に、恋人同士だと判断してもらうためにも……

「待ってくれ、エマ。手を繋ぐことを欠かすのはまずい。……ああ、もちろん恋人つなぎではないぞ。あんな手を離すのに手間のかかる、危険なつなぎ方をするつもりは毛頭ない。あくまでも通常のシェイクハンドで――」

「――――っ！　いえ、結構です。久溜間道君」

「ぐほぉ！」

俺の胸に、尋常ならざる衝撃が走る。

な、なぜだ……。なぜ、エマは俺を名前ではなく苗字のほうで……。

もしや、エマは不機嫌になっているのか？

俺は完璧なサプライズデートを行いつつ、任務までこなしたのだぞ？

これぞ、一挙両得。理想的な結果に喜んでもらえると思ったのだが……

『シノ。刺客の処理は完了したホリ。そちらの首尾はどうだホリ？』

「き、緊急事態だ……」

その後、俺はエマを彼女の住むマンションまで送り届けたが、それまでの間、ひたすら『久溜間道君』呼びをされて、ただただ胸へのダメージを重ねることになった。

いったい、何を間違えてしまったんだ？

# 第一章 約束任務

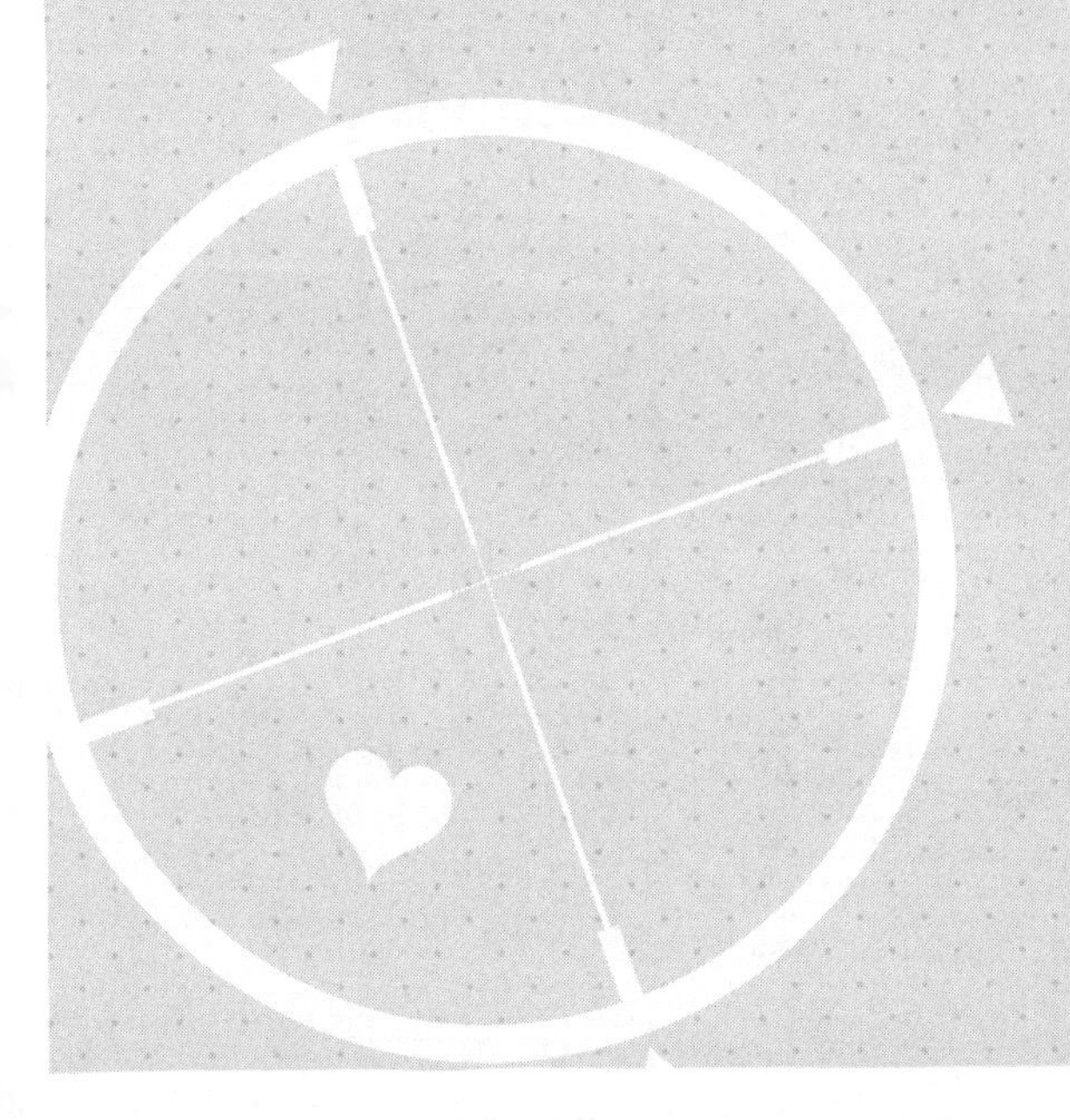

俺――久溜間道シノには、普通の高校生とは別にもう一つの顔がある。

暗号名『新影』。裏社会で暗躍する諜報員という存在。

物心がついた時から厳しい訓練をこなし、磨き上げられた一流の技術。

その技術を活かし、様々な任務をこなしてきたが、未だに失敗の経験はなし。

そんな俺は、二年前より雇用主である光郷グループから告げられた任務に就いている。

世界有数の大企業、光郷グループ。創業者の名は、光郷ヤスタカ。

しかし、その内情は決して一枚岩ではない。

ヤスタカ様は、生涯独り身だった。故に、彼は築き上げた財産で児童養護施設を運営し、そこで特別な教育を行い、優秀な成績を収めた子供達を養子として引き取っていた。

だが、それは善意による行いではない。彼は優秀な子供達を自らの手で造り出し、自らの下へ集めていたのだ。光郷グループの更なる発展のために。

その思惑は見事に成功し、表の世界でも裏の世界でも、光郷グループはその名を轟かせた。

しかし、そこまでの栄華を極めてしまったが故に、ヤスタカ様亡き今、光郷グループ内では一つの大きな問題が生まれてしまった。

跡継ぎ争いだ。英才教育を受けたエリートである養子達は、自らこそが光郷グループの後継者に相応しいと、養子同士で醜い跡目争いを始めてしまったのだ。

が、その事態を予見していたヤスタカ様は、一つの手を打っていた。

正当な光郷の血を引く者を、作り出していたのだ。

そして二年前、まだ存命だったヤスタカ様は全ての養子達を集めて、こう告げた。

――光郷グループの全てを実子である光郷シノに相続させる。皆は、彼に従ってほしい。

養子達は、表面上は納得したような素振りを見せた。しかし、それはまやかし。

当然ながら、彼らは光郷ヤスタカの実子……光郷シノの命を狙う。自らが跡を継ぐために。

しかし、このヤスタカ様の言葉には、いくつかの嘘が含まれていた。

一つ、彼は自分の実子というだけでグループを引き継がせるような甘い男ではない。

後継者には後継者で、別の指示が与えられ、それをこなすことができなければ、光郷グループの跡を継ぐことはできない。

一つ、光郷ヤスタカに『光郷シノ』などという実子は存在しない。

彼は、養子達による醜い跡目争いを止めるために、あえてこのような言葉を残していた。

養子達の全ての憎しみを『光郷シノ』へと向けて、真の後継者を守るために。

これが、現在俺が行っている任務だ。

光郷グループの後継者の影武者、光郷シノとして振る舞い、真の後継者を守る。

光郷リン。影山リンという偽名で、直正高校に通うヤスタカ様の実子。

彼女が直正高校を卒業した時、ヤスタカ様から提示された条件を満たすことができていれば、光郷グループの全てを引き継ぐ。

ただ、残念なことに俺は一介の諜報員でしかないので、ヤスタカ様がリンに対して、どのような条件を提示しているかまでは聞き及んでいない。俺は、与えられた任務をこなすだけだ。

もちろん、これだけ重要で危険な任務を一人でこなすわけではない。俺には、仲間がいる。

それが、かつてヤスタカ様直属の諜報員であり、俺の家族でもある久溜間道家。

久溜間道ダン……暗号名『盾』。

裏の世界でその名を轟かせる、超一流にして最強の諜報員。

久溜間道イズナ……暗号名『調色板』。

自らの姿を自在に変化させる、変幻自在の諜報員。

久溜間道チヨ……暗号名『開拓者』。

電子機器の専門家。様々な武具の開発や、情報収集を一手に担う諜報員。

彼らと協力し、光郷グループから提示される任務をこなしつつ、影武者として振る舞う。

主な敵は、養子達が雇った裏の世界の住人。俺達と同じ諜報員だ。

だが、それがどうした？　たとえ相手がどれほど強大であろうと、俺達には劣る。

久溜間道家は、最強の諜報員集団だ。

俺達が危機的状況に陥ることなど、まず有り得ないだろう……。

◇

「危機的状況だ。大至急、助言を求めたい」

一七時三〇分。エマをマンションへと送り届けた後、家に帰還した俺は、任務を終えて先に帰還していた家族へ即座にそう告げた。

「あれ？　シノ兄、もう帰ってきたんだ。早いね」

「シノちゃん、お話の前に手を洗ってきなさい。帰ってきたら、手洗いうがいよ」

「……分かった」

ハート柄のエプロンを身につけ、キッチンでリズミカルにフライパンで音色を奏でる母さん。漂ってくるのは、香ばしい生姜焼きの香り。ふむ、今日の夕食は生姜焼きか。

「ねぇ、パパ。チヨちゃんスペシャル、どうだった？」

「威力は申し分ないが、発電の際に少し音が響いた。今後の課題としておけ」

リビングでは、自宅にもかかわらずスーツ姿の父さんと、ノースリーブにショートパンツとラフな格好のチヨが、仲睦まじく刺客撃退用の武器について話し合っている。

まったく、彼らは課報員としての自覚が少し足りないのではないか？

危機的状況と言っているのにもかかわらず、この緊張感のなさ。先が思いやられる。

その後、手洗いうがいを済ませた後にリビングへ向かうと、家族が食卓についていた。

なので、俺もチヨの隣へと腰を下ろす。

「それで、どうした？」

わかめと豆腐の味噌汁（みそしる）をすすりながら、父さんがそう聞いた。

ようやく、話を始めることができるな。

「太陽（サン）との任務（ミッション）に、大きな弊害が生まれている」

暗号名（コードネーム）『太陽（サン）』。二週間前より、俺達久溜間道家（くるまみちけ）に協力することになった新たな諜報員（エージェント）。

鳳（おおとり）エマ。光郷（こうごう）グループがイギリスで運営する児童養護施設『ブルーパディー』で育った、日本人とイギリス人のハーフの少女だ。

彼女の主な任務（ミッション）は、偽（にせ）の後継者である俺の恋人として振る舞い、養子達が雇う刺客の注意を引き付けること。なので、彼女と仲睦（むつ）まじい恋人同士として振る舞おうと心がけているのだが、中々どうしてそれが上手（うま）くいかない。

「本日の任務（ミッション）で第三者にも俺達が恋人であると強く認識させるため、最上のデートプランを実行した。にもかかわらず、エマが不機嫌になってしまった。……チヨ、トマトは自分で食え」

「うっ！」

俺が事情を説明している隙に、皿の上へトマトを載せようとしたチヨへ注意を促す。

敵地へ侵入した際、食べたくもないものを食べる経験をする可能性があるからな。

その時に、嫌いだからという理由で餓死などしてしまったら、笑うに笑えない。

「というわけで、至急救援を要請する」

「はぁ……。また、いつものね……」

「いつものだね……」

「ああ、いつものだ。やはり、恋愛とは諜報員にとって最難関の任務なのだろう」

このままでは、俺達が偽りの恋人関係だと刺客に気づかれてしまう可能性がある。

なので、可及的速やかにこの問題を解決し――噛んだ瞬間に、豚肉にしみ込んだ生姜のタレが口内に広がる。やはり、母さんの生姜焼きは絶品だ。

「ひとまず、シノちゃんが何をやらかしたのか聞いてもいいかしら？」

まるで、俺が失敗したかのような口ぶり。なぜ、そうなる？

「本日、ショッピングデートを決行した。サプライズがあればよりデートらしくなると判断した俺は、デート中に刺激的な任務を盛り込んだ。刺客も撃退でき、一石二鳥だろう？」

「「…………」」

「任務は無事に成功した。人気のクレープを食し、アパレルショップで刺客を撃退。まさに、完璧としかいいようのない結果だ。しかし、エマは不機嫌になってしまった」

どこに問題があったのか、皆目見当がつかない。

「まったく……。お前は未熟者だな……」

キャベツの千切りを肉へ巻き付け、口へと運びながら父さんがそう告げた。

「俺は、何かミスを犯してしまったということか？」

「ミスは犯していない。……だが、足りていない」

「足りていないだと？　そんなはずはない。デートの最中、お茶目なジョークまで織り交ぜたのだぞ？　俺は、完璧なデートプランを――」

「緊張感がないのだよ」

「緊張感、だと？」

「うむ。例えば、映画で考えてみろ。結末が分かっているのと、分かっていないのでは、面白さがまるで違うだろう？　恋愛も同じだ。相手が何をするか分からない、何が起きるか分からない緊張感があるからこそ、そこに有意義な時間が生まれる」

「ママ、どうする？」

「一応、最後まで聞いてみましょ」

「ふむ。しかし、それが今回の件とどう関係が……」

「サプライズで任務(ミッション)を取り入れたのは良(い)い。しかし、いとも容易(たやす)く刺客を撃退してしまうのはダメだ。ギリギリの……敗れるかもしれないという緊張感の中、その刺客を撃退することができていれば、二人の関係をより濃密にしていただろう」

「そういうことだったのか！」

まさに、目から鱗だ。確かに、俺はいとも容易く刺客を撃退してしまっていた。

だが、それではダメだったのだ！　大切なのは、結末の分からない緊張感！

そこから導き出される結論は……

「つまり、次のデートでは大量の血のりを仕込んでおき、まさに命を失うギリギリを演出すれば、俺達はより真の恋人だと周囲に認識されるわけか！」

「ふっ……。さすがは、俺の息子だ」

まさか、恋愛に大量の血のりが必要だったとはな……。やはり、奥が深い。

「よくぞ、その結論へと辿り着いた。これであれば、確実に――」

「貴方（パパ）、もう黙って」

「……はい」

食卓に鋭く突き刺さる女性二人の声に気圧され、最強の課報員は沈黙した。

普段の任務では、圧倒的な実力と信頼を集める父さんなのだが、なぜかエマとの恋人任務にかんしては、権威がこれっぽっちもない。

「あのね、シノちゃん。シノちゃんは、根本的に間違えているのよ」

母さんの言葉に、チヨが「そう！　ほんっと、そう！」激しく首を縦に振った。

「根本的とは？」

「デートと任務(ミッション)は別物よ。一緒にしちゃダメ」

「いや、しかし……。俺とエマの任務(ミッション)は、恋人として振る舞うことで――」

「てか、混ぜちゃったとしても、今日のシノ兄はひどかったから」

　俺の言葉を遮り、チヨがそう言った。

「どういうことだ？」

「シノ兄、今日エマさんをデートに行こうって誘ったんでしょ？　なのに、任務(ミッション)が終わったら、すぐに帰っちゃうなんて、怒って当然だよ……」

「ちゃんとしたデートならしたぞ？　二人でショッピングモールを楽しんだ」

「でも、服をプレゼントするとか言ってたじゃん。ちゃんとしたの？」

「あれは、あくまでも周囲に俺達が恋人同士だと……そうか。確かに、贈り物をすると言っておきながら実行しないのは、周囲に違和感を持たれる可能性があるな。それで、エマは俺の任務(ミッション)への姿勢に怒りを……」

「違うから！」

　チヨが叫んだ。

「エマさんは、普通のデートがしたかったの！　任務(ミッション)とか関係なしの！　もし、任務(ミッション)があったとしても、ちゃんと服をプレゼントした後、一緒にショッピングモールを巡るとか……」

「非常識だ。もし奴(やつ)ら以外にも刺客がいた場合、彼女の身が危険に晒(さら)されるではないか」

「うっ！　微妙に筋の通ったことを……」

いくつかの事情が重なり、光郷(こうごう)グループに諜報員(エージエント)として雇われているエマではあるが、彼女はつい先日まで、ただの一般人だったのだ。

偽(にせ)の恋人を演じるという任務(ミッシヨン)の都合上、危険な目に遭わせることにはなってしまうが、それでも危険は最低限にすることが、協力してくれている彼女にできる俺の感謝というものだ。

「はぁ……。色々、困っちゃうよ」

「チヨ、色々とはなんだ？　何か悩みがあるのであれば、俺が力に――」

「いいよ。っていうか、シノ兄は過保護すぎ」

「むぅ……」

最近、心なしかチヨの当たりがきつくなっている気がする。

「……俺も、そろそろしゃべってもいいか？」

「なにかしら、貴方(あなた)？」

「ごちそうさま。イズナ、今日も美味(うま)かったぞ」

「ふふふ、ありがと……」

仏頂面(ぶつちようづら)の父さんへ優しい笑みを送る母さんを見ていると、妙な羨望(せんぼう)が胸に湧く。

俺とエマも、父さんと母さんのような関係になれればいいのだが……。

「むぅぅぅぅ!!　ただいま！　今日も無事に任務(ミッション)を達成してきたよ！」

「えーっと……、おかえり。ちゃんと達成できて、よかった、ね？」

「そうだね！　よかったね！」

一八時。お家(うち)に帰ってきた私――鳳(おおとり)エマは、手洗いとうがいを済ませた後、リビングのソファーに座る七篠(ななしの)ユキちゃんの横に思いっきり腰を下ろした。

「むぅぅぅぅぅぅ!!」

「その、何かあったの？」

「聞いてくれる!?」

「うん……」

やっぱり、ユキちゃんは優しいなぁ。

私が嬉(うれ)しい時も怒ってる時も悲しい時も、どんな時だってお話を聞いてくれる。

小さく「聞かないと、怖そうだし」って呟(つぶや)いた気がするけど、きっと気のせいだよね。

「今日、シノとデートに行ってきたの！　そしたら、デートじゃなくて任務(ミッション)だった！」

「えっと、そもそもデートが任務(ミッション)なんじゃ……」

「違うよ！　デートは……違わないよ！　デートも任務だよ！　うん、デートも任務！」

そ、そうだよ！　私とシノは、あくまでも偽の恋人だもん！

だから、恋人でいることも、任務の一環！　……任務の一環だよね。

「そうよね？　デートも任務よね？　あくまでも、エマ達は偽の恋人だもんね？」

その通りなんだけど、そこまで念入りに言わなくてもいいんじゃ……。

「でも、話は分かったわ。任務のデート以外にも、別の任務があったのね？」

「そう！」

さすが、ユキちゃん！　これだけで分かってくれるなんて、頼りになる！

なんでか、『任務のデート』がすごく強調されてるけど。

「それで、何があったの？」

「ショッピングモールでクレープを食べて、アパレルショップに入って、シノがあっさり刺客をやっつけたら、それでおしまい！　ひどいでしょ！」

「ごめん。よく分からない」

「だって、デートだったんだよ、デート！　なのに、なのに……うぅぅぅぅ!!」

シノが、ちょっとズレた感性の人なのはよく分かってる。

だけど、今日のはひどいよ。任務が終わったら、そこですぐにおしまい。

しかも、本人は満足げな表情を浮かべてるんだから！

「それに、お洋服を買ってくれるって言ったのに、買ってくれなかったし……」

「ぬわぁんですってぇぇぇぇぇぇぇ!!」

「わっ！　ユ、ユキちゃん!?」

「エマ、どういうこと！　もっと、詳しく聞かせなさい!!」

「えっとね、『贈り物を買ってあげる』って言ってくれたんだけど、それは周りに私達が恋人同士だと思わせるための嘘で、刺客をやっつけたら何にもなしで帰ることに……」

「あの防弾偽彼氏！　やってくれたわね!!」

なぜか知らないけど、ユキちゃんはシノへの当たりがちょっと厳しい。

「えっと、ユキちゃんがそんなに怒らなくても……」

「何を言ってるの！　そもそも、エマと付き合えているだけでも超絶ご褒美なのに、プレゼントをあげるって嘘をついたですって!?　プレゼントを買わなかったこと、嘘をついたこと！　二つの罪を合わせて、両方の玉を破壊するしか……」

「ユ、ユキちゃん、落ち着いて！　私が一番怒ってるの、そこじゃないの！」

「あら、そうなの？　なら、一つで勘弁してあげようかしら」

「うん……」

ひとまず、落ち着いてくれたみたいでよかった……。

ただ、ユキちゃんはシノに勝てないような気はするけど、それは言わないでおこう。

「なら、エマは何を怒っているのかしら？」

「…………シノが、私を頼ってくれないの」

「へ？」

私が正式に光郷グループの諜報員になってから、今まで何度か任務をこなした。

今日みたいに刺客をやっつける任務は初めてだったけど、それ以外にも恋人のふりをして、他の光郷グループの施設の視察に行ったり、私達を調べている人を尾行したり。

だけど、シノはその任務のほとんどを久溜間道家の人達と片付けちゃう。

「私も、ちゃんと諜報員として役に立ちたいの。なのに、シノはいつも家族の人達と解決しちゃって、今日だって任務のことを内緒にしてて、私なんていてもいなくても同じみたいな扱いをして…………うぅぅぅ!!」

シノと家族の人達がすごいのは分かってる。だけど、私だって力になりたい。

なのに、シノは全然私を頼ってくれなくて、まるで足手まといみたいな扱いで……。

「それは仕方ないんじゃないの？　あの人達は、特別な訓練も受けてるし……」

「かもしれないけど、私にだってできることがあるもん！」

「例えば？」

「え？　えーっと……、シノと一緒に刺客をやっつけたり……」

「エマ、それはダメ」

ユキちゃんが、鋭い眼差しで私をにらみつけた。

「私は、貴女が課報員になることは許したけど、条件をつけた。忘れてないわよね？」

「……危ないことは最低限」

「そう。貴女は戦いにかんしては素人なんだから、できないことを無理にやろうとしちゃダメ。そういう危ないことは、サンドバッグ系偽彼氏に任せなさい」

「でも……」

「もし貴女が大きな怪我をしたら、ミライが悲しむでしょ」

「う……。そう、かも、だけど……」

ミライ……。私と血の繋がったたった一人の妹。今は特殊な手術を受けたばかりで、イギリスの病院に入院しているけど、元気になったら日本に来る予定だ。

確かに、ミライが来た時に私が大怪我なんてしてたら、心配をかけちゃう。

「だから、自分ができる範囲で任務をこなしなさい」

「私ができることって？」

「そうね……。エマはエターナルギャラクシー美少女だから、隣に立って呼吸をするだけで、肉壁偽彼氏にとって充分過ぎる助けになっていると思うわ」

ユキちゃんの過大評価については、今は触れないでおこう。

隣で呼吸をするだけって……。

「それじゃ、いつもと変わらないよ……」

自分で言って、悲しくなった。ほんと、私ってなんなんだろ……。

「エマ、当たり前って大切よ？」

「え？」

「大変なことが沢山ある時こそ、普段の日常が有難いの。私だって、エマがいてくれるから毎日のお仕事を頑張れるしね！」

ユキちゃんが、ギュッと私を抱きしめてくれた。

「……ユキちゃん。ありがと……」

「ふふふ……。どういたしまして！」

でも、それは私も同じだよ。ユキちゃんがいてくれるから、私は頑張れるの……。

ミライのことで苦しかった時も、お家に帰ればユキちゃんがいてくれて……。

その時だけは、何も考えずに……あっ！

「そうだ！　それが、あったよ！」

「あら、どうしたの？」

「思いついちゃった！　シノの力になる方法！」

シノは、いつも任務のことばかり考えてる。きっと、それじゃすごく疲れちゃう！

だから、私がシノの疲れをとってあげるの！

「どういう方法かしら？」

「今度は私から誘って、シノとちゃんとしたデートをしようと思うの！　そうしたら、任務（ミッション）とか関係なくなるだろうし、シノも気晴らしができていいかなって！」

思えば、今まで私はシノをデートに誘ったことがない。いつも誘ってもらってばかりだ。

ただ、シノが誘ってくれるデートは、いつも絶対に任務（ミッション）が絡（から）んでる。

初めて行った鳳頼寺（ほうらいじ）も、今日のデートもそうだった。

だから、任務（ミッション）と一切関係のないデートをするの！　すっごく、楽しい場所で！

そしたら、シノにもいい息抜きになるよね！

「いい方法だけど、節度は守りなさいよ？　あくまでも、貴女（あなた）達は偽（にせ）の恋人同士。変なことは、絶対にしちゃダメだからね？」

「大丈夫だよぉ～。シノ、そういうことは絶対にしないし。絶対にしないし……」

言ってて、少し悲しくなった。私って、魅力がないのかなぁ……。

「甘いわよ、エマ。あの男はこれまでの諜報員（エージェント）としての訓練で睡眠欲と食欲を耐える技術を身につけている分、最後の性欲については青天井よ」

「えぇぇぇぇぇぇ!!」

じゃあ、シノはいつも私にドキドキしてくれて……って、違うよ！

私達は、あくまでも偽（にせ）の恋人同士なんだから！

「それで、どこに行くつもりなの？　やましい場所はダメよ」

なぜか知らないけど、ユキちゃんの眼がすごく怖い。

「えっとね、恋人同士なら定番のあそこならいいと思ったんだけど……」

「あそこね……。すごくいい場所だけど、もしあの男の性欲が暴発しそうな時は私に報告しなさい。玉という玉を全て砕いてみせるわ。これぞ文字通り、玉砕というやつね」

頼もしい気もするけど、シノってすっごく強いし、ユキちゃんじゃ敵わないんじゃ……。

でも、やることは決まったよ！　私は、明日シノをデートに誘う！

場所は、ズバリ遊園地！　定番の場所かもしれないけど、人気があるから定番だもんね！

朝、エマの住むマンションの前に到着したところで、俺はスマートフォンを取り出した。

彼女へ、『到着した』とメッセージを送るためだ。

以前までは駅で合流していた俺達だが、最近では彼女の住むマンションの前で。

いついかなる時に、刺客が彼女を狙うか分からないからな。

できるかぎり、一緒にいるに越したことはない。

「むぅ……」

メッセージは打ち終わった。後は、送信ボタンをタップするだけだ。

しかし、メッセージを打ち終えてからタップするまで、三秒もの時間を要してしまった。

……果たして、大丈夫だろうか？

昨日の別れ際、明らかにエマは不機嫌だった。

そして、俺はなぜか彼女から『久溜間道君』呼びをされると、精神に尋常ではないダメージを受ける。もしも『久溜間道君』呼びが解除されていなかったら……既読がつき、「もうすぐ！」と返事が来て三秒後。

「おはよう、シノ！」

マンションの自動ドアが開き、制服姿のエマが満面の笑みでこちらに向かってきた。

どうやら、『久溜間道君』呼びは解除してくれたようだ。

つまり、機嫌が回復したということか？　しかし、俺は何もしていないのだが……

「ありがとね、わざわざ迎えに来てもらって！」

言葉と同時に、俺の手を握り締める。胸の内に、安堵の感情が溢れる。

よかった。恐らく、彼女は不機嫌ではない。しかし、なぜだ？　なぜ、機嫌が回復した？

いや、待て。もしや彼女は、初めから不機嫌ではなかったのではないか？

では、なぜあのような振る舞いを……っ！　そうか！　そういうことか！

「エマ、君はテクニシャンだな」

「へ？　なんのこと？」

昨日、彼女はあえて不機嫌なふりをしていたのだ。

本当は嬉しいにもかかわらず、素直に感情を表現できない女性というのが、この世にいることは訓練教材より学んでいる。俗に言う、ツンデレというやつだ。

昨日の任務で俺の恋人としての振る舞いが、エマとしてはもの足りなかったのだろう。

そこで彼女は、あえてツンデレを演じることによって、周囲へ俺達が恋人であると認識させようと目論んだのだ。まったく、一流の課報員の俺でなければ気がつかなかったぞ。

「謙遜しなくてもいい。それよりも、早く学校へ行こう」

「あ、うん……」

どうやら、俺達は想像以上に完璧な恋人同士だったようだな。

…………

……

「エマ。マンションの周囲におかしな点はなかったか？　例えば、普段は見ない人物がいるなどは……」

「う～ん……。多分、大丈夫だと思う。私が見た範囲では誰もいなかったよ。ユキちゃんも、怪しい人はいなかったって言ってたし」

ユキちゃん……エマの里親である七篠ユキだ。彼女は、かつて光郷ヤスタカ様の養子だったのだが、少々お転婆が過ぎた結果、光郷家を勘当され現在は七篠ユキを名乗っている。

ヤスタカ様の元養子という立場ではあるが、今は彼女も俺達の協力者。

ただし、エマを非常に溺愛しているためか、俺への当たりは少々きつい。

「そうか。もしも何か異常があったら報告してくれ。すぐに俺達が行動に移す」

「うん。シノもシノの家族も、すっごく頼りになるもんね！」

手を繋ぎながら、直正高校を目指す。

エマ達には、以前の築年数がそれなりにあったマンションから、光郷不動産が所持するセキュリティの高いマンションへと引っ越してもらった。

ここであれば、そう簡単に刺客も攻め入れないとは思うが、油断は禁物だ。

できることならば、エマも俺達と同じ家で暮らしてほしいと提案したのだが、七篠ユキの妻まじい剣幕によってそれは叶わなかった。ままならないものである。

「それで、今日からはどうするの？　また別の任務を？　また別の任務を⁉」

なぜ、そこまで念入りに確認する？

「いや、光郷オリバーが雇った刺客は、昨日で全て処理し終わった」

「ほんと！　じゃあ、これで安心だね！」

「………………」

安心。となればよいのだが、奇妙なことがある。

なぜ、奴らは光郷オリバーが捕らわれているにもかかわらず、任務を継続していた？

通常、諜報員は雇い主が活動不能になった時点で、任務から手を引く。

だが、昨日の刺客達は俺達の周囲に潜み続けていた。

「シノ？」

「ああ、すまない。ひとまず、最低限の安全は確保されたはずだ。だから、次の任務が提示されるまでは、俺達は恋人として振る舞っていよう」

「よし！　じゃあ、ここからは私の出番だね！」

何やら気合が入っているのか、エマが張り切った笑みを浮かべる。

「出番？」

「シノ。昨日も思ったけど、やっぱりシノは常識がちょっと足りないと思うの」

「む……。そうなのか？」

「そうだよ。昨日も恋人らしいことをしたつもりかもしれないけど、全然だったもん」

「そうなのか？　恋人の幸せとは、普段の日常に少しの刺激があるものだと聞いた。その点、任務(ミッション)の達成というのは素晴らしいサプライズに……」

「普通の高校生に任務(ミッション)なんてないよ」

「……はっ！　言われてみればっ！」

「気づいてなかったんだね……」

これは、盲点だった……。

そうか、普通の高校生には任務(ミッション)などというものは、存在しなかったな。

だからこそ、エマは敢(あ)えてツンデレを演じることで、俺の失敗のフォローを……。

「俺が原因で、君はツンデレにならざるを得なかったのか。本当に、すまない……」

「ごめん。ちょっと、何言ってるかよく分からない」

む？　違ったのか？　ならば、彼女は自主的にツンデレを？

「えっとね、とにかく謝らなくて大丈夫だよ！　私だって、何にもできなかったし……」

「君はやるべきことをしていた。何も気に病む必要はない」

「そこも、シノのよくないところ！」

「なに？」

「確かに、私はシノと違って訓練とかしてこなかったから全然戦えないけど、それでも今は同じ課報員(エージェント)だよ。だから、私だって力になりたいの！」

「いや、君は充分力に……」

「だ～か～ら……とにかく、普通の恋人は私に任せて！　ちゃんと、やってみせるから！」

「分かった。だが、俺としても君に任せきりというのは逆に落ち着かない。自分なりに考えをまとめ、有効な手段を実行してみよう」

「……それ、やる前に絶対内容を聞かせてね」

「当然だ」

「う～ん……。ほんとは、私だけで頑張りたいけど、シノもこう言ってくれてるし……よし！決めたよ！　今日のお昼休みに、二人で相談しよ！　次の恋人プラン！」

「ああ。任せてくれ」

「ふふっ！　一緒に頑張ろうね、シノ！」

　そう言って、いたずらめいた笑みを浮かべるエマは本当に可愛(かわい)らしく、偽物(にせもの)とはいえ、彼女とこのような関係が結べていることに幸せを感じてしまった。

◇

朝、教室で自席に腰を下ろすと同時に、俺は思案する。

恋人プラン。目的は、俺達が普通の恋人同士であると、周囲に認識させること。

だが、そのための良い手段が、どうしても思いつかない。

原因は分かっている。俺には、課報員としての常識が染みつきすぎているのだ。

仮にこのままの状態でプランを立案しても、普通の高校生から逸脱する可能性が高い。

故に、ここで必要になってくるのは……

「おはぺも、おはぺも、おはぺも～！　直正高校バスケ部所属の～、上尾コウだぺも～。シノちゃん、今日も青春しちゃってる～？」

朝、少々特徴的な挨拶をしながら、コウが俺の下へとやってきた。

最近ハマっている、バーチャルユーチューバーとやらの挨拶を真似しているらしい。

「待っていたぞ、普通の高校生」

「え？　朝っぱらから、バカにされてる？」

「尊敬の念を込めて、そう告げたつもりだ。普通の高校生であるコウの協力を要請したい」

「やっぱり、バカにしてんじゃねぇか！　自分は特別ってか！　この彼女持ちめ！」

そういうつもりはないのだが、どう伝えていいか難しいな。

「報酬次第では、相談にのっちゃる」

やや不満げな表情を浮かべながら、俺の正面の座席へと着席。朝の教室でコウと会話を始めると、平和な日常が始まったような気がして、穏やかな気持ちになる。

俺にとって、大切な時間の一つだ。

「希凛でどうだ？」

「やりぃ！　じゃあ、今週は予定が詰まってるし……来週のどっかでよろしくな！」

「ああ。任せておけ」

希凛とは、俺とコウの行きつけのラーメン屋だ。

約一ヶ月前に開店したばかりの店で、常に行列ができている人気店なのだが、列に並ぶことなど気にせず、俺とコウは週に一度は必ず訪れていた。

「そんで、今回はどんなお悩みを？」

「恋人として、エマに幸せを提供したい。だが、その手段で思い悩んでいる」

「ほうほうほう。定番っちゃ定番の悩みだけど、シノだと面白そうな予感がするな」

いったい、どういう意味だ？　心の中でクレームをいれた。

「デートすりゃいいんじゃね？　前も放課後に鳳頼寺に行ってただろ？」

「ああ、その件か。それは……」

待て。コウはあくまでも一般人であり、俺の正体を明かすわけにはいかない。

伝えるべき情報は、取捨選択しなくては。

「あまりいい結果を出せなかった。二人で参拝を行った後、諸々の事情により恋人関係を解消しようと告げた結果、エマが号泣して帰宅してしまってな」

「全然ダメじゃねぇか！　そういや、あのデートの後お前らって一回別れてたもんな……」

「うむ。猛省している」

俺とエマが一度恋人関係を解消した理由は、非常に複雑かつコウに伝えるべきでない情報が含まれているからな。この程度で済ませておいたほうがいいだろう。

「ちなみに、そっから二人でデートとかは……」

「ちょうど昨日、ポートシティ岩堀プラザへ向かった」

「いいじゃん！　仲直りのデートってわけだな！　そこでは、どうだったん？」

「俺なりに彼女が楽しめる要素を取り入れたのだが、俺に一般教養が足りていなかった結果、彼女にとって満足のいくデートにはならなかったようだ」

「……一応だが、何をしたか言ってみろ」

疑惑にあふれた瞳というのは、こういうものを言うのだろう。

「そうだな。まずは、二人でクレープを食した。その際、食べさせあいっこなどもして、非常に有意義な時間だった」

「よくそれを淡々と語れるな。けど、予想以上にいい感じじゃん。……その後は？」

「エマの服を選びに、二人でアパレルショップへと向かった。そこで、女性店員さんがすすめてくれたワンピースがあったのでな。試着をしてみようという話になった」

「おっ！　つまり、ワンピース姿の鳳（おおとり）さんを……」

「いや、試着室へは俺と女性店員が二人で入室した。非常に有意義な時間だった」

「ド変態じゃねぇか！　それ、どういうジャンルのプレイなわけ⁉」

「デートには、サプライズが欠かせないと判断してのことだ」

「もっと大切なものが欠けてることに、気づいてくれよ！」

「うむ。今となっては、非常識だったと猛省している」

「なんでやる前に気づけないんだよ……」

コウが呆（あき）れ眼差（まなざ）しついでに、「こいつ、猛省ばっかだな」と漏らした。

やはり、俺は諜報員（エージエント）としての常識が染（し）みついている分、間違いを起こしやすいようだ。

「そこで、コウの出番だ。俺に、普通のデートを教授してもらいたい」

「俺、彼女いたことないぞ？　普通のデートって言われても……」

「問題ない。重要なのは恋人がいたことがあるかないかではなく、デートを行った経験があるかないかだ。その点、特定の相手を作らず、不特定多数の上級生女子とデートをしているコウの知識は非常に頼りになる」

「なんで、知ってんだよ⁉」

コウは、上級生の女子生徒から人気がある。

男としては小柄なほうではあるが、整った童顔が母性本能を刺激するとのことだ。

「友人の交友関係を調査するのは、普通のことだろう？」

「こわっ！　まぁ、いいよ。その、あんま言いふらさないでもらえると助かるけど……」

「案ずるな。知っているのは、俺と藤峰くらいだ」

「あ。終わった」

藤峰アン。暗号名『隣人』。俺と同じ、光郷グループに雇われた諜報員だ。

といっても、彼女の任務は俺のような影武者ではなく、護衛として真の後継者を守ること。

なので、普段はどこかおちゃらけた口の軽い女子高生の姿を演じている。

「して、俺は何をすればいい？　是非とも、アイディアをもらいたい」

「そうだな。とりあえず、今のシノはかなり信用を失ってると思うし……、定番っちゃ定番だけど、滅茶苦茶効果のあるデートをするべきだと思う」

「そんな素晴らしいものがあるのか。それは、いったいどのような……」

「遊園地だ」

「……っ！　ゆ、遊園地、だと⁉」

「なに？　なんか問題あるわけ？」

「いや、その……」

　確かに、以前に読んだ訓練教材でも、恋人同士が遊園地に行く描写はあった。

　が、しかしだ。俺は常にその命を狙われる身。

　たとえ、光郷オリバーの雇った刺客を処理したとしても、他の養子が雇った刺客が存在している可能性は、充分にある。そんな中、遊園地だと？

　遊園地とは不特定多数の人間が入り乱れている、諜報員にとって自由に暗殺してくれと言わんばかりの最高の環境なのだ。そんな危険な場所に、エマと共に行くというのは……

「他の場所というのは……」

「ないね。遊園地一択。恋人同士だし、レーヴェスシーとかいいんじゃね？」

「レーヴェスシーだと⁉」

　レーヴェスシー、国内で最も年間来場者数の多い遊園地。

　正確には、そのすぐそばにあるもう一つの遊園地……レーヴェスランドと合わせての数値ではあるが、レーヴェスシーだけでも年間で五〇〇万人以上の来場者がある。

「そゆこと。言っとくけど、そんぐらいしないとマジで別れられるからな」

「……それは、更にまずいな」

　エマとの恋人関係が解消されることは、任務について考えるとないと信じたいが、根本的に俺達が偽の恋人同士と思われてしまっては、全てが水泡に帰す。

もしかしたら、そこからリンの存在に辿（たど）り着（つ）かれる可能性も……。

「分かった。エマに提案してみる……」

「おう。頑張れよぉ～」

ひとまず、万全の警備体制を整えなくてはならないな。

父さん、母さん、チヨの協力はもちろん、可能であれば他の諜報員（エージェント）も雇ったほうがいい。

となると、最初にやるべきことは……

◇

授業が終わり、休み時間になったタイミングで、俺はとある人物の下へと向かった。

「リン、少しいいか？」

「なに？」

髪型は三つ編み。目には、スクエア型の眼鏡を装着する前時代的な格好のその人物の名は、
影山（かげやま）リン――といっても、それは直正高校（ちょくせいこうこう）で過ごす時の名であり、本当の名は光郷（こうごう）リン。

ヤスタカ様の実子にして、俺達の雇い主でもある少女だ。

「実は、相談がある」

教室の一角で女子グループに交ざり談笑している藤峰（ふじみね）が、こちらを注視している。

しかし、俺達の会話を止めるつもりはないようだ。

「どんな内容？」

怪しさ半分、呆れ半分といった眼差しを向け、リンが俺へと問いかける。会話をする許可を得られたところで、俺は彼女の机に手の平をのせ、指でリズミカルに机をたたく。

「土曜日は、天気がいいと思うか？」【今週の土曜日に、エマと遊園地へ行こうと考えている】

「それを私に言って、どうするの？」【あっそ。行ってくればいいじゃん】

ここには、クラスメートもいる。

なので、口では別の会話を行い、本来の会話はモールス信号で。

子供だった頃、光郷家の屋敷でも大人に内緒でリンとはこうして会話をしたものだ。

ところで、リンが机をたたく音が少し強い気がするな。

「特に意味はない。ただの雑談というやつだ」【ついては、君に協力を要請したい】

「余計なことに時間は使いたくないんだけど？」【私も一緒に来いってこと？】

今度は、やけに弾んだ調子で机を指でたたいている。なにか、いいことでもあったのか？

「すまない」【違う】

「謝るなら、地面に両手と頭をこすりつけて謝って」【なら、なに？】

瞬時に、すさまじく不機嫌になった。情緒不安定が過ぎるのではないか？

「頭を下げるだけで、勘弁してくれないか？」【護衛のため、諜報員を五〇名程雇いたい】

「絶対ダメ」
モールス信号なしで、はっきりと告げられた。
やはり、無理があったか。ならば、五人程度なら……。
「っていうか、そこまで無理をするならやめておけば？」
「やめるわけにはいかない」
俺の言葉に圧(お)されたのか、リンの目が僅かに揺れた。
「なんで？」【そんなに大切なの？】
「君にとっても、有益になると判断しているからだ」【当然だ。俺達が偽(にせ)の恋人同士だと知られれば、俺の正体に気づかれるかもしれない。そうしたら、君の身にも危険が迫る可能性がある。それを避けるためにも、仲睦(むつ)まじい恋人同士の振る舞いをする必要がある】
「ふーん」
人差し指で自らの三つ編みをいじり、僅かながら笑みを浮かべる。
リンが、上機嫌になった時にやる癖だ。
「なら、許してあげる」【ま、ちょうどいっか】
「助かる」【どういうことだ？】
「別に、シノが喜ぶことじゃないと思うけどね」【偶然だけど、いいタイミングだったってこと。ただ、諜報員(エージェント)は雇えない。信頼できる相手は限られてるから】

「む……。それも、そうか」【ならば、遊園地は中止して――】

「それはダメ」

モールス信号を打ち終わるよりも先に、リンの言葉が割り込んだ。

遊園地に行くのを中止するのが禁止だと？　いったい、彼女は何を……

【シノ、次の任務を伝える。『鳳エマと、レーヴェスシーでデートをしてきて』】

「シノ、お弁当だよ！　今日は玉子焼きに挑戦してみたの！」

昼休み。屋上でエマと合流した俺は、彼女から弁当を受け取る。

以前までは、少々刺激的な薬物が含まれていたが、今ではそんなことはない。

純粋に、彼女が作ってきてくれた弁当を食べることができる。

他の男子生徒からすると、エマの手作り弁当を食べられるというだけで、充分すぎるご褒美ということだが、それについては全面的に同意をしよう。

相変わらず、屋上の入り口ではのぞき見をする生徒が複数名。飽きないのだろうか？

「ありがとう、エマ。……いただきます」

早速、玉子焼きに手を伸ばす。ひと噛みすると口内に甘い卵の味わいが広がった。

母さんの玉子焼きは出汁のよく利いた味だが、エマのは砂糖の味がよく利いているな。

同じ玉子焼きでも、こうも味が違うとはな。

「美味いよ」

「ほんと？　よかったぁ！」

満面の笑みを浮かべるエマ。周囲に狙撃手がいる様子はなし。非常に穏やかな時間だ。

だが、俺の胸の内には憂鬱な感情が溢れていた。

いったい、エマにどう告げればいいだろう？

レーヴェスシー。来場者が非常に多く、諜報員が潜み放題の危険極まりない場所。

そんな場所へエマを連れて行くなんて、恋人として相応しくない行為ではないか。

だが、任務として命じられた以上、やらざるを得ない。

不快に思われないといいのだが……。

「じゃあ、ご飯も食べ終わったし、朝のお話の続きをしよっか」

「そう、だな……」

無垢な笑みを見ていると、複雑な想いにかられる。

もしも、この笑顔が怒りへと変わってしまったらと思うと、気が気でない。

「実はね、今度の土曜日にシノと行きたい場所があるの」

「土曜日だと？」

「うん。何か予定があった？」

「まぁ、そうとも言えるのだが……俺も、土曜日に君と行きたい場所があるんだ」

「え？」

これは、タイミングが悪かったな……。

エマも俺とのデートプランを考えてくれていたようだが、さすがに任務（ミッション）が優先だ。

彼女の提案については、翌日の日曜日にでも……

「あ、そうだ！　なら、折角だしさ、せーので言わない？」

「せーので？」

「うん！」

その行為にどのような意味があるかは分からんが、エマがそう望むのであれば……

「分かった。なら……」

「「せーの……」」

俺とエマの声が重なる。そして……

「「レーヴェスシー!!」」

俺達は、お互いに同じ施設の名称を告げていた。

「うそ！　シノも、同じどこを⁉」

「エマもだったのか」

まさか、彼女もレーヴェスシーに行きたいと提案するとは……。

「シノ！　すっごく嬉（うれ）しい！」

「わっ！」

エマが感情のままに、俺の胸へと飛び込んでくる。

その様子は、誰がどこから見ても恋人同士にしか思えないものだ。

「じゃあ、決まりだね！　土曜日は、二人でレーヴェスシーに行こっ！」

「あ、ああ……」

だが、なぜだ？　なぜ、エマはレーヴェスシーを……いや、待てよ。

いくらエマが以前までは一般人だったとはいえ、今は諜報員（エージェント）。

彼女も、レーヴェスシーの危険性については充分に理解しているはずだ。

あそこは一般人にとっては夢の国とも呼ばれているが、俺達諜報員（エージェント）にとっては永遠にさめない夢を見させられかねない場所なのだから。

にもかかわらず、レーヴェスシーを提案したということは……

「エマ、本当に君はテクニシャンだな」

恐らく、エマもリンから任務を告げられていたのだろう。

つまり、初めから俺がレーヴェスシーを提案することを知っていた。

だが、俺の提案に従うだけでは、屋上でのぞき見をする生徒達に恋人同士ではないと疑われる可能性があった。そこで、あえてこのような演出をすることで、彼らへ俺達が恋人同士であると強く認識させようとしたのだ。

「よく分からないけど、ありがとっ！　一緒に楽しい思い出を作ろうね！　いつもみたいに、難しいことなんか考えないで、思いっきり羽を伸ばしちゃおうよ！」

「もちろんだ」

やはり、俺はまだまだ未熟者だな。

レーヴェスシーでは、エマの足を引っ張らないようにしなくては……。

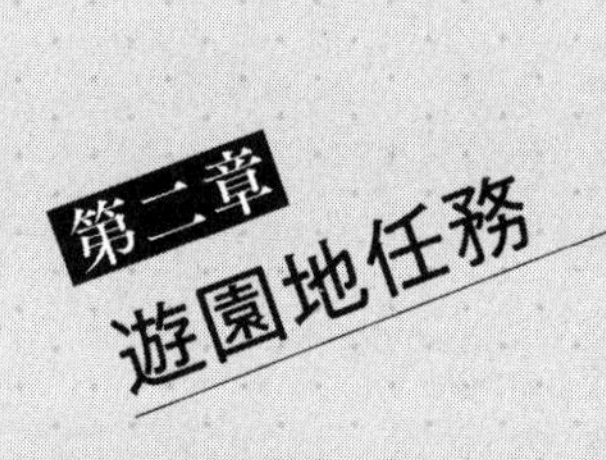

# 第二章 遊園地任務

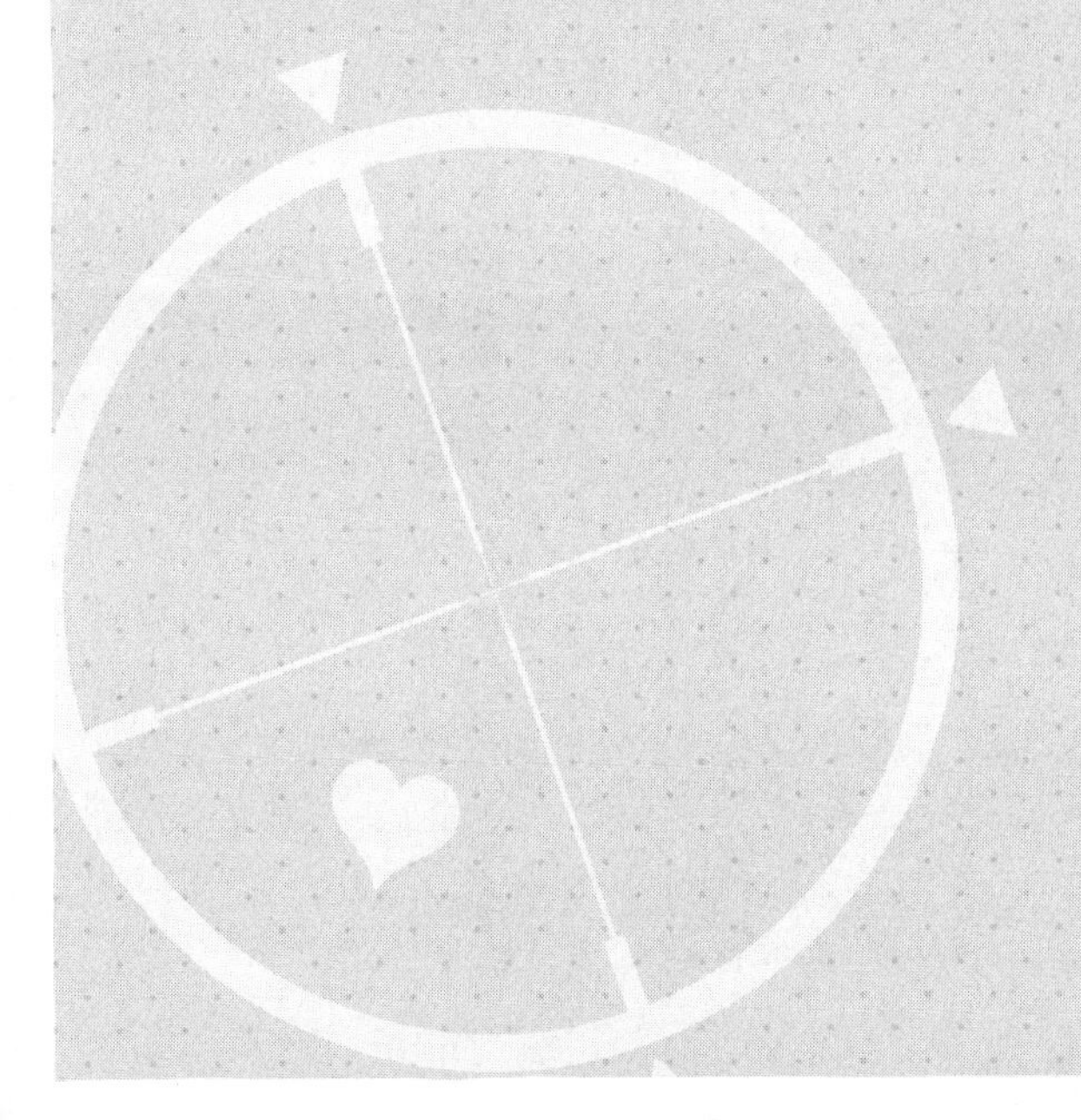

「着いたか……」

午前八時一〇分。俺達は、レーヴェスシーの最寄り駅へと到着した。

まだ入園していないにもかかわらず、僅かに疲労が蓄積されているのは、ここに至るまでにあった苦労が原因だろう。

最初に驚かされたのは、チケットの獲得。

現在、レーヴェスシーでは入場規制を設けているようで、ネットで予約をしてチケットを手に入れなければならなかった。しかし、不都合なことに土曜日はすでに満員——というか、直近二週間のチケットは全て完売状態になっていた。

たかが遊園地と侮（あなど）っていた自分を呪った。恐るべし、レーヴェスシー。

それでも、俺達が当初の予定通りここを訪れているのは、チヨのおかげだ。

チヨにレーヴェスシーのサーバーへハッキングを行ってもらい、人数分のチケットを確保。

料金は支払ったので、許してもらいたい。

次に、驚いたのはホーム間の移動。

東京駅で乗り換えを行ったのだが、とにかくホーム間の距離が長い。

いったい、いくつの水平型エスカレーターに乗ったか、もはや覚えていない。

なぜ、あれで同じ東京駅を名乗っているのだ？

「ふふふっ！　シノ、今日はいつものことは忘れて、目いっぱい楽しもうね！」

「ああ。そのつもりだ」

エマの明るい笑顔が疲労を和らげ、代わりに強い決意を与えてくれる。

任務のためとはいえ、レーヴェスシーという危険極まりない場所へ、嫌な顔一つせずについてきてくれた彼女の想いに報いるためにも、今日はいつも以上に気を引き締めなくては。

刺客がいた場合も考慮して、今のうちに周囲へ警告をするのも……

「楽しみだなぁ。シノと二人きりで、一緒にいられるなんて！」

「……なっ！」

エマよ、君は何と勇気に溢れた発言をしているのだ？

俺は今、周囲への警告も含めて、ここには俺達だけではなく、久溜間道家のメンバーも（ついでに、理由は謎だが七篠ユキも）別行動ではあるが共に来ていることを告げようとした。

だというのに、エマはあえて『二人きり』という言葉を強調する正反対の発言をしたのだ。

「あれ？　どうしたのシノ？」

くっ！　この、まるで何も分かっていないような無垢な瞳の裏にどれほどの決意を……。

分かった……。君のその勇気、俺が決して無駄にはしない。

「いや、俺も同じ気持ちだっただけさ」

「同じ気持ち……っ！　シノ……」

「二、二人きりというのは初めてだから、本当に楽しみだ。必ずそばにいるから、安心してくれ」

「う、うん……」

俺もあえて『二人きり』という言葉を強調した後、エマの手を強く握りしめた。

刺客よ。襲ってくるならば、いつでも来い。久溜間道家の力を、見せてやろうではないか。

「ちなみにだけど……今日、ご家族の人達は、本当にいないんだよね？」

「うむ。別の仕事があって、そちらにかかりっきりだ」

「そっか……。うん、そっか！」

まったく、エマは徹底しているな。そこまで念入りに周囲へ伝えなくてもいいだろうに。

もちろん、実際はレーヴェスシーに一般客として訪れている。

父さんにかんしては、前回のポートシティ岩堀プラザの時と同様に、レーヴェスシーのマスコットキャラである、ミルキーキャットに扮するかと思っていたのだが……。

『シノ、レーヴェスは夢の国。ミルキーはミルキーだ』

と、普段の温厚な父さんからは想像もつかないような剣幕で詰められ、何も言えなかった。

ただ、俺の任務自体は支援してくれるようで、「これを持っていけ。必需品だ」と煌びやかな装飾のされたポップコーンバケットなる物を貸してくれた。舞姫と猛獣デザインだそうだ。

というわけで、父さん、母さん、チヨ、七篠ユキは一般客に扮して俺達のサポートに。

出発前、猫の耳を模したサングラスをかけたスーツ姿の父さんがいたが、本当にあれで怪しまれないか、少しだけ不安だ。

「シノ、今日は絶対楽しめるよ！　だって、ここは夢の国だもん！」

「ああ。充実した一日を過ごそう」

ここまで奮闘してくれるエマのためにも、今日は完璧に任務を遂行せねばならんな。

もちろん、リンから指示された任務だけでなく、恋人任務のほうもだ。

ただ、共に過ごすだけなど生温い。今日こそは、エマを存分に楽しませてみせる。

そのためにも……、今日だけは決して彼女の機嫌を損ねるわけにはいかないな。

俺は、普段からエマの機嫌を損ねてしまうことが非常に多い。

一日一度は当たり前、多い日は一日に五度ほど。

その度にエマは、自分の中で何かしらの整理をつけて機嫌を回復させてくれているが、彼女にかけている精神的負担を考えると、申し訳ない気持ちで溢れかえる。

しかも、今日は休日。普段よりも長時間、エマと過ごすことになる。

もしかしたら、初の二桁台に突入する可能性も……。その事態は、確実に避けなくては。

「よし。じゃあ、ここからは……シノ、こっちだよ、こっち！」

「む？　まだ移動があるのか？」

「ここから、モノレールに乗るの。そしたら、すぐだよ！」

最寄り駅から更にモノレールに乗る必要があるとは。侮り難し、レーヴェスシー。

…………

……

「な、なんという人数だ……」

レーヴェスシーの入園口に到着し、俺は戦慄した。

「わぁ～。すごい人だね……」

もはや、入り口に辿り着いたと表現していいのか分からない程の人の数。

渋谷のスクランブル交差点が可愛く見えてしまうほどだ。まだ、八時三〇分だぞ？

もしも、この中に刺客がいたら……。

「開園は九時からだというのに、なぜこうも大量の人間が……」

「一応、九時ってことになってるけど、開園時間は早まることのほうが多いみたい」

「そうなのか。皆、急いで乗り物に乗りたいのだな……」

「かもねぇ。ファストエントリーチケットを使ってる人もいるくらいだし」

「ファストエントリーチケット？」

「前日から、レーヴェスホテルに泊まってる人だけが買えるチケットがあるの。開園時間の一時間前に、入園することができるんだ」

だとしたら、俺達もその手法をとるべきだっただろうか？

しかし、俺とエマの二人での宿泊を七篠ユキが許可してくれるだろうか？　無理だな。

「ねぇ、シノはどのアトラクションに行きたい？」

もはや人混みとしか形容できない入場列に加わると、エマが声を弾ませて俺へ問いかけた。

アトラクションか……。レーヴェスシーの知識がさほどないこともあるが、今日の目的は任務の達成とエマに楽しんでもらうこと。

だとすれば、俺の意思を介入させて彼女の行動を制限してしまうよりは……

「エマの行きたいアトラクションに付き合うぞ」

「それじゃ、二人で来た意味がないじゃん。シノの行きたいやつも決めて！」

くっ！　なんとリアリティのある男女のやり取りだ！

まるで、本当に俺に対して恋心を抱いているかのような表情と振る舞いではないか！

だとすれば、その気持ちには最大限応えなくてはならない。……だが、何と答える？

エマは優しい少女だ。

俺が、どのようなアトラクションを選択したとしても、笑顔で受け入れてくれるだろう。

しかし、その優しさに甘えるわけにはいかない。選ぶのであれば、彼女が最大限楽しめるものを選択したい。しかし、俺にはその知識が……む？　父さんからメッセージだと？

いったい、何を――

『ウェアイン：ファンタジー・ドライブだけは、決して欠かすなよ。他には、そうだな……。スリルを楽しみたいのであれば、ライト・オブ・ザ・ムーン。会話を楽しみたいのであれば、ドルフィン・トーク。それと、エクストリームミュージックの予約を忘れるな』

暗号名（コードネーム）『盾（イージス）』!!!!!!!!

さながらレーヴェスを愛してやまない愛好家の如（ごと）き知識量ではないか。

やはり、最後に頼りになるのは父さんだな。さすがは、超一流の諜報員（エージェント）だ。

「ウェアインなるアトラクションに興味がある」

「あっ！　それ、私も行きたかったやつ！　じゃあ、ウェアインは絶対に行こっ！　あとは、そうだなぁ〜。バウンティ・マイケルなんてどう？」

「いいぞ。それなら……」

む？　再び父さんからメッセージだと？

すでに、充分な情報は得ているが……

『ウェアインとバウンティ・マイケルは時間帯を分けて行け。どちらも人気アトラクションで待ち時間が非常に長い。まずは片方を済まし、その後待ち時間が少ないアトラクションに搭乗するか、園内を見て回るかして昼食を取れ。終わったら……エクストリームミュージックの予約時間次第で、午前中に行かなかったアトラクションに向かうタイミングを考えるのだ』

暗号名（コードネーム）『盾（イージス）』!!!!!!!!

なんという圧倒的な計画技術（プランニングスキル）だ！

『なお、俺が推奨するのは園内探索だ。レーヴェスシーは、アトラクションに乗らずとも周辺を探索するだけで充実した時間を過ごせる。加えて、園内には様々な味のポップコーンが販売されているのだ。夢の国を楽しみつつ、どの味を昼食後に食べるか、そこで考案しろ』

加えて、完膚なき助言（アドバイス）！　彼の息子でよかったと、心から思う。

「午前中は、ウェアインかバウンティ・マイケルのどちらかにしよう」

「だね！　どっちも待ち時間が長いみたいだし、お腹（なか）がすいちゃうもんね！　じゃあ、お昼までの空き時間は……」

「園内を探索するのはどうだ？　様々な味のポップコーンが販売されているようだし」

「それ、すごくいい！　お昼ご飯の後、一緒にポップコーン食べようね！」

あぁ、このような達成感と充実感を味わうのはいつ以来だろう？

初めて任務（ミッション）を無事に完了させた時以来かもしれないな……。

いくら愚鈍な俺でも分かる。今、確実に流れが来ていると。

「あっ！　開園したみたい！　今日は思いっきり楽しもうね、シノ！」

「もちろんだ、エマ」

俺達は互いの手を繋（つな）ぎ合（あ）わせ、意気揚々とレーヴェスシーへと入園していった。

入園して最初に思ったのは、ここはまさに夢の国の名を冠するに相応しい、素晴らしい場所であるということ。普段、俺が見ている景色とはまるで異なる景色。

エリアによって、見せる世界は多種多様。

ヨーロッパの市街を彷彿させる場所もあれば、まるで深海のような幻想的な場所もある。

さらに、興味深いのは訪れている人々の格好だ。

動物の耳が模されたカチューシャを装着している人物や、今朝父さんが装着していたような猫の耳を模したサングラスをかけている人物もいる。

恐らく、父さんもこの事態を想定して、あのような奇抜な格好をしていたのだろう。

日常生活では目立ちすぎる猫耳型のサングラスも、レーヴェスシーであればむしろ自然体。

加えて、自らの顔も隠せるという一石二鳥の役割を果たす。

また、なぜか休日にもかかわらず制服の人物や、互いに同じ格好の……いわゆるペアルックと呼ばれる姿の者達もいる。俺達も次回来た時、ペアルックにするのもいいかもしれない。

というわけで、俺達も早速それらの装飾を購入。エマはピンク色の動物の耳が模されたカチューシャを、俺はブラックの動物の耳が模されたカチューシャを購入し、即座に装着した。

「あっ！　シノ、ベルフェゴール君とライアー君、それにシンリーちゃんがいる！」

エマが指し示すそこでは、三匹の犬のマスコットキャラが他の来場客と触れ合っていた。

色はそれぞれ、黒、黄色、ピンク。一匹だけ、雌なのだな。

「ねぇ、シノ。一緒に写真を撮りにいこっ！　私、ベルフェゴール君、大好きなの！」

「む。しかしだな……」

エマが向かおうとしているのは、黒い犬のマスコットキャラがいる場所。

しかし、あの中に刺客が潜んでいたら、不用意に隙だらけの姿を見せることになる。

だが、断ってしまったら、エマが悲しむ。いったい、俺は……む？　あれは……

「はい。撮りますよぉ～！」

「感謝する」

ふと、黄色の犬……ライアー君を確認すると、そこでは見慣れたスーツ姿の男が、猫耳型のサングラスとライオンの被り物を装着して、ライアー君と仲睦まじく写真を撮っていた。

なんということだ……。

あの男が、あそこまで接近を許すということは、間違いなく彼らは刺客ではないという証明になる。自らの身を危険に晒して、俺のために……心から感謝する。

「シノ、もしかして嫌？」

「問題ない。折角だし、三人で撮ってもらおう」

「うん！」

…………

……

「すでに、待ち時間が一〇〇分になっているとは……」

「やっぱり、大人気アトラクションはすごいねぇ」

現在時刻は、九時一五分。俺達がやってきたのは、ペトラ遺跡のような建築物のあるエリア。

ここに、エマが乗りたがっていたバウンティ・マイケルというアトラクションがあるからだ。

しかし、入園してからたった一五分でここまでの人数が並ぶとは。

恐るべし、レーヴェスシー。

エマは、大丈夫だろうか？　さすがに、ここまでの長時間を待つというのは……

「ふふふ。こういう時間も、レーヴェスシーの醍醐味だよね！」

どうやら、杞憂だったようだな。

恐らく、彼女も諜報員として日々研鑽を積んでいるのだろう。諜報員は、任務の内容によってはその場に一〇時間以上の待機を強いられることもあるからな。

……しかし、そうなると、この並んでいる人達はどうなる？

まさか、彼らも諜報員としての訓練を？

「シノ。どうしたの？　すごく怖い顔をしてるけど？」

「エマ、気を引き締めろ。レーヴェスシーは、課報員の養成場の可能性が……」

「それ、絶対に勘違い」

…………

……


その後、表示されていた待機時間は一〇〇分だったが、八五分ほどの待機時間で俺達は、アトラクションへ搭乗できた。

エマ曰く、「こういうのは、ちょっと長めに設定している」とのことだ。

トロッコのような乗り物に激しく揺られながら、遺跡の中を探索。

まるで本物かと錯覚するような演出の数々に、俺は素直に感激してしまった。

その後、エマと共に園内を探索して昼食へ。

エリア毎に様々なレストランがあり目移りしてしまったが、最終的に俺達はウォーターフロストシティなるエリアにあるレストランへ入店した。

「シノ、このサンドイッチ美味しいね！」

「ああ。包装にも細かいこだわりが感じられて、感心するばかりだ」

ローストビーフと桃を同時に挟むという予想外の組み合わせながら、桃の甘酸っぱさが絶妙にマッチしている。普段の生活では、食べる機会のない味だ。

さて、現在時刻は正午を少し過ぎたところ。腰を下ろせたのは、バウンティ・マイケルのアトラクションに乗った時だけだったので、エマも疲労がたまっているだろう。

　彼女の体力を考えると、少し長めに休息をはさむのも……

「じゃあ、この後はどうしよっか？　まずは、ウェアインに行く？」

　彼女は訓練など受けていないはずなのだが、この無限の体力はいったい……。

「うむ。それなのだが、先程サイトを確認していたら、このような物を発見した」

「ん？」

　そう告げて、俺はエマにスマートフォンの画面を提示する。

「ファスト・アクセスなるものらしい。金銭を支払うことによって、本来よりも遥かに短い待機時間でアトラクションに乗車できるそうだ」

「え？　でも、一人二〇〇〇円もするよ？」

「案ずるな。光郷グループに申請をすれば――」

「シノ、それはダメ」

　力強い剣幕で、エマからそう告げられた。

「今日は、普通のデートをしにきてるんだよ？　普通の高校生にとって、二〇〇〇円はすっごく大金なの！　楽をするために、簡単に使えるような値段じゃないよ」

「はっ！」

　そうだ。俺とエマは、あくまでも普通の恋人同士を演じなくてはならない。

にもかかわらず、金銭に余裕のある行為をとるなど、高校生にあるまじき行為だ。

「すまない。ならば、長い待機時間になるが……」

「シノとならへっちゃらだよ！」

本当に俺は、いい仲間に恵まれたな……。

「分かった。それと、一六時からはミュージカルにも似た観劇のエクストリームミュージックなるものに――」

「え！　エクミュの予約、取れたの⁉」

「あ、ああ……。こちらは、特に金銭もかからなかったぞ」

「ありがとう！　私、一度でいいからエクミュ見てみたかったの！」

父さんに、最大級の賛辞を送りたい。まさか、ここまで喜んでもらえるとは……。

今までの失敗が、まるで嘘（うそ）のような笑顔じゃないか。

本当に、レーヴェスシーへ来てよかった。この場所を提案してくれたコウや、任務（ミッション）として指示を出してくれたリンには感謝の限りだ。

謝礼に、帰り際（かえりぎわ）に土産でも……む？　メッセージが来たな。

『土産は、中途半端（ちゅうとはんぱ）な時間を狙って購入しろ。帰り際（かえりぎわ）に購入しようとすると、多くの人に圧迫され満足に選べなくなる。俺が推奨するのは、オコゲ煎餅だ』

暗号名（コードネーム）『盾（イージス）』!!!!!!!!

アフターケアまで万全とは！　これこそ、まさに超一流の課報員だ！

◇

——午後五時。


「はぁ～！　ミルキー、かっこよかったね！」

「ああ。それに、他の演者達も素晴らしいパフォーマンスだった」

エクストリームミュージックを観終えた俺達は、満足感に溢れながら施設をあとにした。

激しい音楽とダンスで盛り上がるステージとは別に、観客席の一角で随分と賑やかな戦闘が静かに行われていたが、まぁ、いいだろう。

「どう、シノ？　今日は楽しい」

「ああ。こんなにも心が安らぐ時間は、初めての経験かもしれない」

「やったぁ！」

今日は、本当に充実した一日だ。

昼食後に搭乗したウェアインも、車に乗っているような感覚で、様々な景色の映像を観るだけなのだが、言葉では言い表せない感動があった。紅茶ミルク味のポップコーンも非常に美味かったし、父さんから借り受けたポップコーンバケットも大活躍。

土産屋では、リンやコウへの土産を購入。加えて、エマの目を盗んで彼女へのプレゼントも購入した。こうして付き合ってくれている以上、謝礼はすべきだからな。

喜んでもらえるといいのだが……。

「じゃあ、シノ。これから、どうしよっか？　そろそろ暗くなってきそうだし……」

「いや、実は最後にもう一つ、行きたいアトラクションがあるんだ」

「なに？」

「チャーチ・オブ・ホラーだ」

それは、俗にお化け屋敷と呼ばれるアトラクションだ。

教会内を探索し、出口を目指す。

だが、ところどころに教会に住み着いた怨霊がいて、俺達来場客へ襲い掛かってくる。

アトラクションなので本当に襲ってくるわけではないが……果たして、どうなるか。

「えぇぇぇぇ！　で、でも、あれってすごく怖いって聞くよ？　その……」

エマが不安そうな眼差しを向ける。

恐らく、チャーチ・オブ・ホラーの危険性を理解して、俺を心配してくれているのだろう。

「どうしても行く必要があるんだ。大丈夫だ、君のことは俺が必ず守ってみせる」

「うぅぅ……。分かったよ……。シノがそこまで言うなら……」

君の優しさに甘えるわけにはいかないんだ。

どんな状況でも、任務を達成する。それが、一流の諜報員というものだからな。

…………

……


エマと共にチャーチ・オブ・ホラーへと向かうと、そこにはもう見慣れた長蛇の列が出来上がっていた。最後尾のスタッフが持つ看板には、一五〇分待ちと記載してある。

「シノ、待ち時間が長いみたい。こんなに待ったら、遅くなっちゃうし……」

「問題ない。先程、ファスト・アクセスを購入した」

「えぇぇぇぇ!! それはダメだって……」

「可及的速やかに入場する必要があったからな。これにかんしては、目をつぶってくれ」

「そんなぁ～」

意気消沈するエマを連れ、別の入場口からチャーチ・オブ・ホラーの中へと入っていった。

長蛇の列とは異なる入り口から入ると、俺達と同様にファスト・アクセスを利用した来場客の小規模な列を確認。そこにはよく見知った集団も交ざっており、その中の一人の少女が……

『今日、ほんとすごいよ……。全部で三〇人も刺客がいてさ……。パパとママがやっつけてくれたからいいけど……』

二メートル程先にいながらも、あえて通信機で俺へそう告げた。

そんな大所帯で、やってきていたのか。

『でね、捕まえた刺客からの情報によると、残りの刺客はチャーチ・オブ・ホラーに集まってるみたい。人数は、あと六人』

ありがたい情報ではあるが、正しい数であるかは疑ったほうが良さそうだな。

それだけの人数で来ているのであれば、失敗する者もいることを想定しているはずだ。

だとすれば、あえて偽りの情報を与えて、こちらを錯乱させようとしている可能性もある。

『ただ、一般客じゃなくてキャストに紛れてるんだって』

ならば、より一層警戒心を高めたほうがいいだろう。

「では、皆さん！　こちらへどうぞ！」

入場してから三分後。シスター服のキャストが開いた扉の先へと進む。

すると、そこは少し開けた場所になっており……

『これ以上、先に行ってはいけません……。ビギンスの怨念は本物です』

どこからともなく（と言っても、アナウンスなのだが）、男の声が響く。

『お願いです、これ以上進むと私と同じ運命になってしまいます。ビギンスは、本当にいる、いるのです。今なら、まだ間に合います』

「ううぅ……」

隣にいるエマは、俺の腕を強く握りしめ震えている。

怖がらせてしまってすまない……。だが、どうしても必要なことなんだ。

『早く！　今すぐにここから——』

『KYA！　KYA！　KYA！』

「きゃぁぁぁぁぁぁぁ!!」

恐怖のあまり、エマが体ごと俺の腕を強く抱きしめる。

ふむ……。俺の腕が、何やら柔らかい感触に包まれているな。

次にレーヴェスシーを訪れる機会があったら、必ずチャーチ・オブ・ホラーには——

「それ以上エマに触れたら、玉砕よ？」

ふっ……。そんなことをするはずがないだろう。

俺は一流の諜報員（エージェント）。どんな状況であれ、常に冷静さを保ち確実に任務（ミッション）をこなす存在だ。

決して、背後から怨霊（おんりょう）よりはるかに恐ろしい七篠（ななしの）ユキの声が聞こえてきたからではなく、自らの使命を思い出したからこそ、冷静さを保っているのである。

…………

……

イベントを終えた後は、入場した順にそれぞれ教会内へ。

俺達の前に入っていった団体が、エマにとっても見知った集団であったことに、彼女は気づいていただろうか？

「シノ、いるよね？　そばから離れちゃ、ダメだよ！」

「ああ。分かっている」

チャーチ・オブ・ホラーは、自らの足で歩くタイプのアトラクションだ。

教会内を指示された道順に従い進み、悪魔を討伐する十字架を獲得することで、出口への道が開く。そして、その途中では……

「バァァァァァァ‼」

「きゃぁぁぁぁぁぁ‼」

このように、怨霊に扮したキャストから驚かされるわけである。

エマとしてはかなり恐ろしいようだが、俺としてはまったく問題ない。

残念ながら、このキャスト達は素人だからな。どれだけ消そうとしても、呼吸音や足音を消し切れていない。どのタイミングで叫ばれるか分かっていれば、驚くこともないというものだ。

ただし、注意すべき点は……

「死ね、光郷シ――」

「ふっ！」

「ごっ！」

このように、怨霊に扮して襲ってくる刺客である。

彼らは呼吸音や足音を消す技術に長けているからな。まったく、厄介なことをしてくれる。

「こちらで一人仕留めた」

ブレスレット型の通信機に小さな声で報告する。これで、残りは五人か。

「シ、シノ！　お化けをやっつけちゃうのは……」

「案ずるな。アフターケアの準備は万端だ」

エマは、本当に徹底しているな。

リンから任務を告げられて知っているはずなのに、新たな刺客が現われたことにまるで気づいていないふりをしているではないか。

「え、えぇ～……」

というわけで、本物のキャストは攻撃せず、偽の刺客のみを処理。

そうして、歩を進めていくと正面からは……

「夢の国でこのような愚行を犯すとは……。貴様ら、生きて帰れると思うなよ？」

「ひ、ひぃぃぃ……」

怨霊の五〇〇〇倍は恐ろしいであろう、最強の諜報員の声が小さく聞こえてきた。

『二人やっつけた。これで、あと三人だよ』

着実に数は減っているが、優秀な奴も交ざっているな。

先行している父さん達の目をかいくぐり、俺を襲うとは……。

「ここで、終わ――びぎょっ！」

再び、刺客が登場。銃器でこちらを狙っていたので、装飾にあった剣を投げつける。

刃引きがしてあることに、感謝するがいい。……残り二人。

「あのさ、シノ。これって、もしかして……」

「どうした、エマ?」

「…………なんでもない」

はて? なぜ、エマは疑惑の眼差しを向けているのだ?

事前に、リンから話は聞いていたのだろう?

俺達の今日の任務は、『レーヴェスシーでデートをすること』。

その目的は二つ。

一つが、俺の命を狙っている刺客がいた場合に、撃退すること。

そして、もう一つが……とあるUSBを入手することだ。

ちょうど昨日の夜、光郷グループが雇っていた諜報員が一人、行方不明になった。

暗号名『隠者』。その名の通り、潜入任務に長けた諜報員だ。

隠者は、光郷グループのライバル企業である、暗道グループへの潜入任務をこなしていた。

そして、機密情報を得ることに成功したのだが、その時点で自らの正体が露見してしまったのだ。どうにか逃げ切れはしたが、深手を負い現在は消息不明に。

当初の予定では、俺と『隠者』がレーヴェスシー内で合流してその情報を得るはずだったが、それができなくなってしまった。だが、『隠者』はただ消息不明になったのではない。

その直前に、機密情報の入ったUSBを、レーヴェスシー内へ隠したのだ。

まさかUSBを……とも思うが、クラウドよりも安全性は保証できる。

それよりも問題は、この広大なレーヴェスシーのどこにUSBを隠したかということだ。

なので、俺達は園内を探索し、様々なアトラクションに搭乗しつつ、USBを探していた。

そんな中、消息不明になっていた『隠者（ハーミット）』から暗号通信で、『チャーチ・オブ・ホラー内に目的のUSBを隠した』という情報が入った。

だからこそ、俺達はここへやってきている。

ただ、その情報は相手側にも伝わっていたようで、敵側は怨霊（おんりょう）に扮（ふん）しUSBを探索。

俺達は、来場客に扮（ふん）してUSBを探索している。

どこだ？　いったい、どこに……ん？　あれは……。

「ん～？　この辺にはないなぁ～。えっと、あっちのほうは……あ、シノ兄、エマさん！」

道順に従って進んでいき、薄暗い洋室に入ると、チヨがいた。

父さん達と先行していたはずだが……なぜ、戻ってきた？

『ごめんなさい、シノちゃん。チヨちゃんが、そっちに行ったから見てもらえる？　パパはユキちゃんのそばを離れられないし、私も刺客の処理があるの。終わったら、向かうから……』

「チ、チヨちゃん!?　ってことは、やっぱりこれって……」

疑惑が確信に変わったかのような眼差（まなざ）しで、エマが俺を見つめる。

いったい、彼女が何に驚いているか気になるところではあるが……

「チヨ、お前は何をしてる？」

それ以上に疑問に感じるのは、チヨがここにいることだ。

「出口まで探したんだけど、見つからなくてさぁ〜。もっかい探しに来たの。……あっ！　でも、安心してね！　アトラクションに隠れてた最後の二人の刺客はやっつけたから！」

事情は分かった。だが、チヨが単独行動をするのは危険だ。

なにせ、チヨは戦闘訓練を受けていない諜報員（エージェント）なのだ。俺にはエマの護衛があるし、たとえ刺客の処理を終えていたとしても、情報が漏れていてまだ残っている可能性もある。

父さんや母さんのそばにいたほうが……

「あっ！　もしかして……」

その時、チヨが洋室内に設置されたブラウングレーのテーブルを注視する。

演出のために、ところどころに蜘蛛（くも）の巣（す）がはっており、家具にはほこりが積もっている。

だが、そのテーブルの引き出し近辺だけは、僅かにほこりが払われており……

「あった！　やっぱり、これだ！」

一足先にそこへ向かったチヨが、引き出し内からＵＳＢを入手した。

同時に、洋室のカーテンが僅かに揺れる。まずい！　あれは……

「シノ兄、見つかったよ！　これで——」

「チヨ、伏せろ！」

「え？」

言葉と同時に、俺は一気に駆け出す。カーテンの裏側に、敵が潜んでいたからだ。

敵の武器は、サイレンサー付きの拳銃。それをチヨに向けて、発砲した。

「ぐっ！」

「し、シノ兄⁉」

「シノ⁉」

チヨの体を抱きしめて、そのまま転がるようにテーブルの裏側へ。

ぎりぎり間に合ったが、俺の左腕に熱い感触が走る。僅かに、弾丸が左腕をかすった。

やはり、刺客の人数については偽りの情報をこちらに流していたか……っ！

「シノ兄、大丈夫⁉　その、腕が……」

「問題ない。それよりも……」

俺達以上に、まずい状況にいるのはエマだ。

咄嗟にチヨをかばってしまったことで、エマのそばから離れてしまった。

このままでは……ちぃ！　やはり、エマに狙いを変えたか！

「……っ！　シ、シノ……」

「動くなよ、光郷シノ。少しでも動いたら――」

「父さん、今だ！」

「なっ！　盾(イージス)が……」

「嘘(うそ)だ」

「うぉ！」

俺の言葉に動揺し、ほんの一瞬エマから注意をそらした隙に距離を詰める。

そのまま、拳銃を持つ右手を押さえつけた。だが、それで安心はできない。

「チヨ、エマと共に脱出しろ！」

「うん！　エマさん、早く！」

「え？　え？　わ、分かった！」

エマとチヨが一斉に駆け出した。

「逃がすか。お前達には利用価値が……がっ！」

「余計なことはするな」

拳を顔面にめり込ませる。

しかし、向こうもプロだ。それだけでは止まらず、左手に隠し持っていたナイフを俺に振るう。かわすことはできたが、距離が空いた。すると、すぐさま拳銃を構え……

「死ね、光郷(こうごう)シ……つぅっ！」

「シノちゃん、今！」

だが、刺客の攻撃は間に合わなかった。

戻ってきてくれた母さんが、サイレンサー付きの拳銃で刺客の手を撃ってくれたからだ。

静かな洋室に拳銃が落ちる音が、小さく響く。……今だ！

「つらぁ！」

「……かっ！」

俺の蹴りが腹部にめり込み、刺客の体がくの字に曲がる。そのまま、追撃。

こめかみへ、容赦なく拳を叩きつけた。

「く、くそ……」

すると、刺客は静かに地面へと伏せていった。

「はぁ……。はぁ……。母さん、助かった……」

「平気よ。それより、傷は大丈夫？　チヨちゃんとエマちゃんが心配して……」

「かすっただけだから問題ない。ひとまず、目的は達成できた。俺達も出よう」

「ええ、そうね」

◇

その後、俺は母さんと共に刺客の身柄を拘束しつつ、施設を後にした。

一〇分後。無事にチャーチ・オブ・ホラーを脱出した俺は、アトラクションから出て人目につかない場所まで移動して、先に出ていたエマ達と合流した。

「シノ、大丈夫⁉　怪我とかは……」

「問題ない。少しかすった程度だ」

「そっか……」

最初に駆け寄ってくれたのは、エマだ。俺を心配そうに見つめている。

「シノ兄、ごめん……。私が、勝手に動いたせいで……」

続いてチヨが、恐る恐る俺へと近づいてきて謝罪を口にした。

深く反省しているのか、申し訳なさそうに顔を俯かせている。

「気にするな。それよりも、お手柄だったな。よく見つけてくれた」

「…………うん。ありがと……」

そう告げて、優しく頭を撫でる。

予想外のトラブルはあったが、チヨのおかげで任務を達成できたのだから問題ない。

それよりも、まだ刺客が残っているかだが……

「シノ、捕らえた刺客からの情報を統合したところ、お前の仕留めた奴で最後のようだ」

「本当か、父さん？」

「ああ。まったく……、ここは夢の国だというのに、あのような暴挙に出るとは……。奴らには、懇切丁寧にレーヴェスの素晴らしさを伝えてやらねばならんな」

今日の父さんは、いつもより遥かに恐ろしいな……。

恐らく、想定以上の人数の刺客を相手にして気が立っているのだろう。

本当に、彼が味方で良かった。

「ふん……。まぁ、怪我が軽くてよかったんじゃない？　本当に平気よね？」

七篠ユキが、おずおずと俺の左腕を確認する。

彼女には、あまりいい印象を抱かれていないと思ったのだが……

「ああ、大丈夫だ。その……、心配してくれてありがとう」

「べ、別にいいし！　ただ、ちょっと気になっただけだし！」

どこか悪に徹しきれない七篠ユキを見ていると、少しだけおかしくなってくる。

「……シノ」

そこで、エマが表情を沈ませて俺へと語り掛けた。

もしかして、俺の傷を気にしてくれているのだろうか？　本当に、優しいな……。

「あのさ、今日のレーヴェスシーってさ、ただのデートじゃなくて……」

「このUSBの回収が任務の目的だ。無事に達成できたし、これで任務完了だ」

「任務……」

もっと苦労すると思ったが、かなり楽な仕事だったな。

だが、そうなった理由は……

「助かったぞ、エマ。君は本当に頼りになる」

「え？」

エマの力が大きかった。諜報員(エージェント)としての訓練を受けていたが故、周囲を警戒しがちな俺の緊張感を和らげてくれて、恋人として自然な振る舞いを徹底してくれた。

だからこそ、敵側も不用意に俺達を襲わなかったのだろう。

本当に、ただデートに来ているだけだと判断したから。

「さて、この後だが……」

本来であれば、任務(ミッション)終了後に現地に残るのは非常識だが、先日の件もある。

今日は、例外としようじゃないか。

レーヴェスシーでは、夜間になるとパレードが行われるという話を聞いた。

ならば、それを鑑賞してから帰ろう。俺達がそばにいれば、エマの安全は確保できるだろうし、彼女には存分にレーヴェスシーを楽しんでもらいたい。

先程購入したプレゼントも、まだ渡せていないしな。

「任務(ミッション)も完了したし、チュロスでも――」

「頼りにならないよ……」

そこで、エマが俺の言葉を遮った。

「頼りにならない？　エマ、君はいったい……」

「ただ一緒にいただけ……。みんな知ってたのに、私だけ何にも教えてもらえなくて、逃げることしかできなくて……」

エマが涙を流しながら、言葉を紡ぐ。

何を言っているんだ？　君もリンから任務の話を聞いていたのだろう？

だからこそ、俺にレーヴェスシーを提案したのでは……

「ユキちゃん、帰ろ……」

「え？　ええ？　私は構わないけど、……本当にいいの？」

「うん。ここにいても、迷惑かけちゃうし……」

「待ってくれ、エマ。俺は君に……」

「ごめん、シノ。今、シノのそばにいたくない……」

「ぐほぉっ!!」

胸部をマグナム弾で撃ち貫かれたような衝撃が走る。

そ、そばにいたくない、だと……。そんな……。

「俺は、いったい何を間違えたのだ？」

七篠ユキと共に、静かな足取りで去っていくエマ。

その背中を見送りながら、俺はただ唖然とそうつぶやくことしかできなかった。

# 第三章
# 協力任務

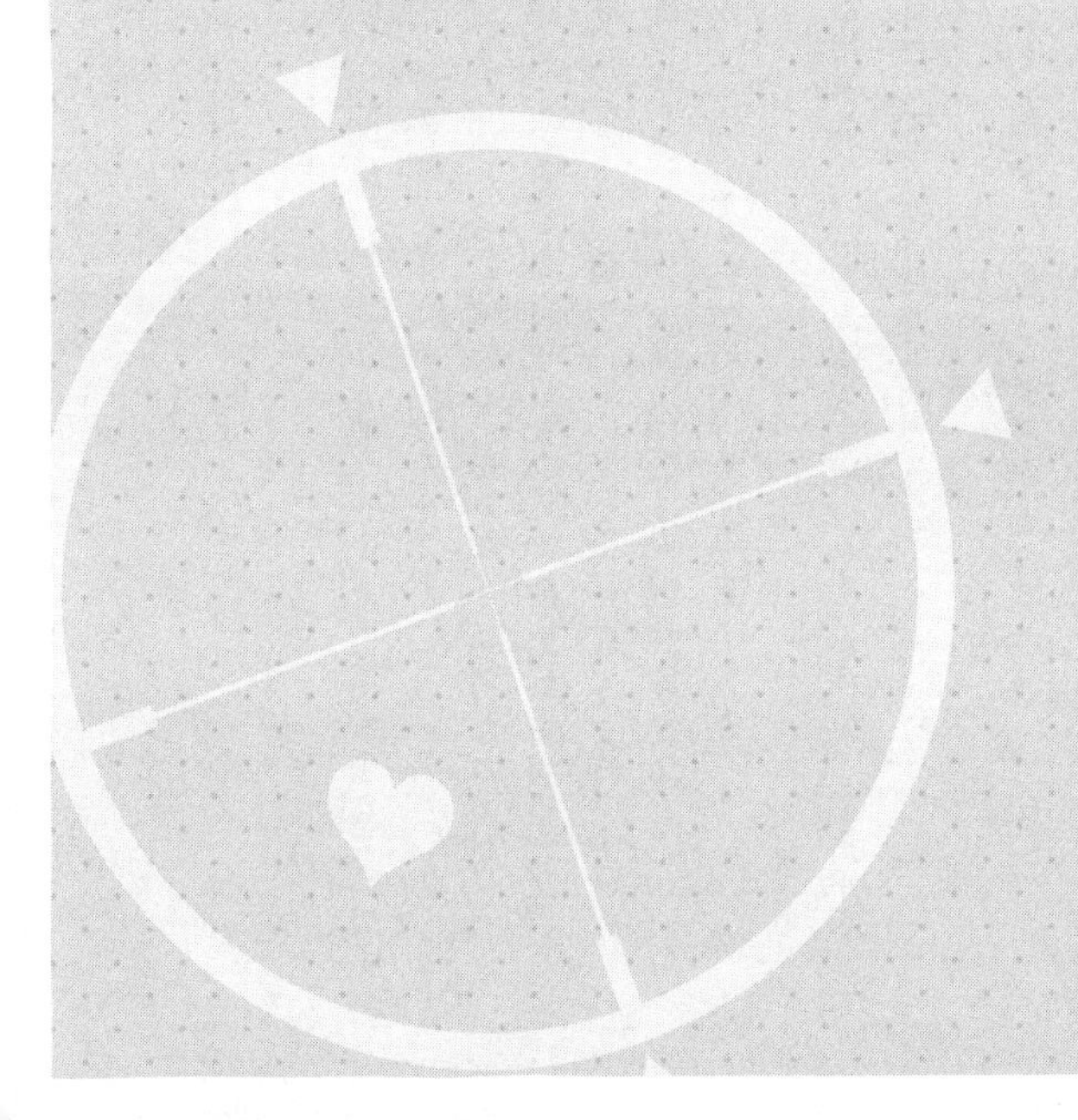

「暗道グループの狙いが分かったよ。二週間後に行われる光郷グループ主催のゲーム大会で暗殺計画を立ててるみたい。ターゲットは、光郷グループの四女……光郷マオ様」

レーヴェスシーから帰還した後、入手したUSBを解析したチヨがそう告げた。

光郷マオ。光郷グループのゲーム事業……SPLENDORの代表取締役を務める女。

柔軟な思考力で様々なゲームを開発、ヒットへと導き、その純利益はグループ内でも一、二を争うほど。ただし、少々変わった性格をしており、人前には滅多に姿を見せない。

「マオ様の命を狙うとしても、なぜゲーム大会で？　他の手段もありそうだが……」

父さんが、眉をひそめた。

「警戒心が強くて、滅多に人前に姿を現わさないからではないかしら？　それに、ゲーム大会中に死者が出たとなれば、光郷グループの信用を落とすこともできるでしょう？」

暗道グループの考えそうなことだ。

光郷グループは自分達の実力でのし上がってきたが、暗道グループはその逆。

ライバル企業を陥れ、自らが利益を奪い取る形でのし上がった企業だからな。

「となると、この情報をマオ様に伝えはするが……」

「私達も、警戒しておく必要があるでしょうね」

「そうだな」

母さんの言葉に、父さんが深く頷く。俺も同じ考えだ。

「どういうこと？　狙われてるのはマオ様なんだし、私達は……」

「マオ様が、敵である可能性がある」

「え？　それって……」

「この情報自体が、こちらに対して仕掛けられた罠ということだ」

「えぇぇぇぇ！」

「むしろ、そっちの可能性のほうが高いでしょうね。レーヴェスシーに来ていた刺客は、ろくに依頼主の情報も知らない使い捨ての人ばかりだったし、ＵＳＢの回収よりもシノちゃんの命を優先していたもの」

俺が、この情報の信憑性を疑ったのもこれが理由だ。

もしも、あの刺客達が暗道グループに雇われていたのであれば、俺の命を奪うことよりも、ＵＳＢの回収を確実に優先する。

暗殺計画をライバル企業に知られるなど、争いの火種になりかねないからな。

しかし、刺客達は俺の命を奪うことを優先して行動し続けていた。

特に怪しかったのは、チャーチ・オブ・ホラーだ。

最後に仕留めた刺客は、あえてＵＳＢの隠してあった洋室に潜んでいた。

恐らくだが、あそこにＵＳＢがあることを知っていたのだろう。

にもかかわらず、ＵＳＢを回収せずに俺の命を狙ったということは……

「じゃあ、どうするの？　私達は何もせずに……」

「ひとまず、リン様の判断を待つしかないけれど、……動かざるを得ないでしょうね」

「ああ……。暗殺計画など、情報が漏れた時点で中止するものだが、万が一にも実行されマオ様の命が奪われるとなると、光郷（こうごう）グループは計り知れないダメージを負う羽目になる」

今回の件で厄介なのは、そこだ。

たとえ一％でも、光郷（こうごう）マオがこちらに敵意を持っていない可能性があるのであれば、俺達は彼女を守らなくてはならない。リンがグループを継いだ時、ＳＰＬＥＮＤＯＲの存在があるかないかでは、あまりにも大きな違いがあるのだから。

「マァちゃんが敵か味方か分かれば、もう少し動きようがあるのだけどねぇ」

「マァちゃん？　ママって、マオ様と仲良いの？」

「私がそう呼んでいるだけよ。マァちゃんは、ヤスタカ様が大好きでね。よく遊びに来ていたから、その時に話す機会があったの」

「じゃあ、ママならマオ様に会えるんじゃない？」

「難しいでしょうね……。マァちゃんは、あくまでヤスタカ様に会いに来ていただけで、私やパパには全然心を開いてくれなかったもの」

「うむ……。ゲーム好きという話を聞いたので、射撃ゲーム代わりに射撃場へ連れて行って指導したのだが、発砲音で気絶されて、以後は俺の姿を見るだけで逃げ出すようになった」

「うん。パパは、まぁ、そうなるよね……」

どうやら、光郷（こうごう）マオは俺が思っている以上に警戒心の強い人物のようだな。

超一流の課報員（エージェント）である父さんから、直々に射撃の指導をしてもらえるなど、この世の全ての人間にとって最大級の経験のはずなのに、それすらも拒絶するとは……。

「それなら、私が調べてみよっか？　ＳＰＬＥＮＤＯＲのサーバーにハッキングすれば、情報を手に入れられるかもしれないし」

「やめておきなさい。向こうもその道のプロよ。もし失敗して、私達がハッキングしようとしていることを知られたら、リン様の立場が危うくなるわ」

「あ……。そう、だよね……」

話が一段落ついたからか、チヨがどこか気まずい表情を浮かべて俺を見つめる。

………床に寝そべり放心する俺を。

「ところでさ……」

「シノ兄。そろそろ、元気を出したほうが……」

今後に関わる非常に重要な話し合いを行っているのは、分かっている。

だが、どれだけ頭が「お前も参加しろ」と訴えようと心が従ってくれない。

「なぜだ……。いったい、なぜなのだ……。なぜ、こんなことに……」

今日の任務(ミッション)は、完璧だったはずだ。

エマと共にレーヴェスシーで普通の恋人らしくデートをし、彼女を存分に楽しませることができた。そして、俺も存分に楽しむことができた。

そのうえで、『隠者(ハーミット)』が残したUSBも入手できたのだから、完璧としかいえない結果だ。

だというのに、だというのに……っ！

——今、シノのそばにいたくない……。

「ぐぐぐ……っ！」

思い出すだけで、脳と胸部に深刻な痛みが走る。

俺は、いったい何を間違えてしまったのだ……。

「困ったわねぇ。どう動くかを決めたいけど、シノちゃんがこの調子じゃ……」

もしも、エマから……ん？　何やらスマホが……

「…………っ！」

俺は、スマホを凝視したまま勢いよく立ち上がった。

「シノ、どうした？」

「エマからメッセージが届いた！　内容はまだ確認していないが……」

大丈夫か？　恋人関係の継続は不可能と記されていたら……ええい、ままよ！

「む？」

『今日は、ごめんなさい。月曜日からは、いつも通りになるから……。ごめんなさい』

いったい、どういうことだ？　なぜ、エマが俺に対して謝罪をする？

「シノ、大丈夫か？　いったい、どのような内容が？」

「謝罪文が記載してあった。月曜日からは、いつも通りになると……」

「なるほどな……。それは、少々危険かもしれん」

「どういうことだ、父さん？」

「女の言葉を、文面通りに受け取るな。謝罪文が記されているということは、恐らく関係を破綻させるつもりはないのだろうが……」

「まだ、怒りが収まっていない可能性があると？」

父さんが、静かに頷(うなず)いた。

「では、早急に対処しなくてはならないな。俺もエマに対してとにかく謝罪を――」

「やめろ！」

父さんが、スマホをタップする俺の手首を強くつかんだ。

「なぜだ、父さん。俺は今すぐにでもエマと――」

「まだ早い。お前は、なぜ鳳(おおとり)エマが機嫌を損ねたか、その原因を解明できているのか？」

「いや、それはまだだが……」

「ねぇ、ママ。心なしか、二人ともさっきの話よりも熱が入ってる気がするんだけど……」

「ふふふ、パパは心配性なのねぇ」

俺と父さんの作戦会議を、チヨは冷ややかな目で、母さんは温かい目で見つめている。

どうやら、この問題にかんして頼りになるのは、父さんだけのようだ。

「いいか？　原因不明のまま謝罪を行うと、その後『なんで謝っているの？』と理由を問い詰められる可能性がある。……それに答えられなければ最悪だ。かつて俺も原因が分からぬまま謝罪を行い、三日間インスタント食品のみを食す羽目になった経験がある」

「バカな！　謝罪の意を伝えているのにか⁉」

「謝罪の意を伝えているのにだ！」

なんということだ！　原因は分からずとも関係性を改善したく、謝罪の意思があるにもかかわらず、原因まで理解しないと許されないとは！　恋愛とは、かくも恐ろしい……。

「ママ、そんなことしたの？」

「結婚記念日にプレゼントされたお洋服に、安全のためにってGPSを仕込まれていたことを、しばらくしてから言われてね」

「うわぁ……」

チヨと母さんの会話は、別段この件とは関わりはなさそうだ。

しかし、GPS付きのプレゼントか。なんと愛情の詰まったプレゼントだろうか。

「至急、原因を解明する必要があるな……。標的がいったい、何を狙っているのか。確実性があるのは、直接尋問することだが……」

「それも悪手だ。こちらから尋問した場合、標的はかなり高確率で、『なぜ、自分で考えない？』、『どうして、分かってくれない？』と波状攻撃を仕掛けてくる」

「ならば、考えた結果、分からなかったから教えてほしいと伝えれば……」

「火に油を注ぐことになる。標的は、ただ分かってほしいのではない。自分で考え、かつ正解を導き出し、それに伴った行動を求めているのだ」

「正解に伴った行動……だと？」

「ああ……。かつて、俺なりに様々な調査を行い、標的が般若の如く怒り狂っていた原因を突き止めたこともあった。その時、俺は懇切丁寧に怒り狂わせた原因を伝えた。すると、どうか？　なんと、標的は『そこまで全部言わなくていい』と鬼神の形相を浮かべたのだ！」

「意味が分からん！　分かってほしいのだろう!?」

「違う！　そうではない！　分かったうえで、それに伴った行動を求めているのだ！　柔軟な思考力と大胆な行動力！　その両者を満たしてこそ、初めて標的は鎮静化する！」

なんということだ……。

仮に原因を理解したとしても、行動まで伴わせなければならないとは……。

「も、もしも、そこで誤った行動をしてしまったら？」

「俺の場合は、五日間インスタント食品のみを食す羽目になったな……。だが、その経験が俺を強くした。今の俺があるのは、あの地獄の五日間があったからと言ってもいいだろう」

それほどまでに過酷な任務(ミッション)をこなしてきたからこそ、父さんは超一流の諜報員(エージェント)となったということか……。伝説の男の過去が、少し垣間見(かいまみ)られたな……。

「ママ、どうする？」

「ものすごく腹が立つけど、もう少しだけ話を聞いてみましょ。大切だもの。本人にしっかりと分かってもらって、行動してもらうのは」

「あ、うん……」

なぜか分からないが、刻一刻と父さんの危機が近づいているような気がする。

ひとまず、母さんのほうは見ないでおこう。非常に恐ろしいので。

「して、父さんはどうやってその危機を突破したんだ？」

「ふっ……。見つけたのだよ、抜け道をな」

「あるのか!?　この絶体絶命の窮地から脱出する方法が」

「ある」

父さんが、力強く頷(うなず)いた。

さすがは、暗号名(コードネーム)『盾(イージス)』。超一流の諜報員(エージェント)は、何でも知っている！

「別のトラブルを発生させ、二人で乗り越えるのだ」

「別のトラブル、だと？」

「そうだ。これを起こすことができれば、以前の問題など簡単に消し飛ぶぞ。俺もイズナを激怒させた場合は、知人に殺傷能力の極めて低い高性能爆弾を仕掛けてもらい、それを二人で撤去することで関係を改善させていた。……主に俺が解除する形でな」

「その手があったか！　なんて、素晴らしい方法だ！」

「分かるか？」

父さんが、不敵な笑みでそう問いかける。

「当然だ！　爆弾を自らの手で解除することで、頼れる部分を見せて信頼を獲得！　加えて、危機を乗り越えたという安心感を提供できるというわけだろう？」

「さすがは、俺の息子だな。……その通りだ。こちらは最初から解除方法を分かっているからな。この手段を用いることができれば、女など容易く……ん？　どうした、イズナ？」

なぜか分からないが、母さんが満面の笑みで父さんの肩に手を添えていた。

「一週間、ご飯抜きよ。自分でどうにかしてちょうだい」

「なっ！　どういうことだ、イズナ!?　俺は、特に何も問題を起こしては……」

「自分で考えなさい。私、明日の朝ごはんの準備をするから。……三人分の」

「待ってくれ！　とにかく、俺が悪かった！　だから――」

「なんで謝っているのかしら？」

「……はっ！」

「一ヶ月、ご飯抜きよ」

「お、おぉおぉぉぉおぉぉぉ!!　なぜ、驚異的な記録更新を……」

これが、ただ謝罪をするだけでは意味がないということか……。

さすがは、父さんだ。俺には、なぜ母さんがかつてない程に激怒しているか分からないが、恐らく父さんは、俺に女性の恐ろしさを教えるために敢えて母さんを怒らせたのだろう。

さすがは、暗号名『盾』。彼こそまさに、最高の諜報員だ。

「これが、ミイラ取りがミイラになるというやつか。俺は、いったいどうすれば……」

心なしか、本気で落ち込んでいるような気もするが。

「あ、あのさ、シノ兄……」

そこで、チヨがどこか遠慮がちに俺のそばへとやってきた。

「どうした、チヨ？」

「その、怪我、大丈夫？　本当はまだ痛かったりとか……」

「何も問題ない。怪我といっても、かすり傷だからな。気にするな」

「うん……」

むぅ……。本当に問題ないのだが、どうもまだ納得できていないようだな。

軽傷とはいえ、俺がレーヴェスシーで負傷したことを気にしているのだろうが……

「チヨ、よく聞け」

「なに？」

「俺達はチームだ。だからこそ、全てを一人で完璧にやる必要はない。互いに足りない穴を埋め合った時、初めて真価を発揮する。今回はたまたま、お前が苦手とする任務（ミッション）だっただけだ。もしも、それを気に病んでいるのであれば、得意分野で巻き返せばいい」

「シノ兄……」

「戦闘は俺に任せろ。だが、今回のような情報戦はお前の出番だ。頼りにしているぞ」

「……はぁ。やっぱ、シノ兄は優しいなぁ。でも、私は……」

「何か言ったか？」

「ううん、何でもないよ。……てか、シノ兄は私を心配するより先にやることがあるでしょ？エマさんとちゃんと仲直りをしないとじゃない？」

「当然だ。次こそは、必ずやエマを笑顔にしてみせる」

待っていてくれ、エマ。

これまで、数々の失敗を繰り返してきた俺ではあるが、今度こそ失敗はしない！

必ずや君を……っと、その前にメッセージに返事をしなくては。

謝意は伝えたいが、それが危険なことは父さんが身をもって教えてくれた。

本当は色々と伝えたいことがあるが…………、『これからもよろしく頼む』。

今は、これが限界だな。

しかし、こんな情けない返事だけで全てを終わらせるようなことはしない！

必ずや、完璧な仲直り計画を実行し、エマとの関係をより良いものにしてみせよう！

翌日の日曜日。俺は、とある喫茶店にやってきていた。

緑豊かなエリアに立つ、木目の外壁が上に向かって巻き上がっていくデザイン。

店内もフロア自体が螺旋状の造りになっており、どこか開放的な空間となっている。

そして、待ち合わせ時間の五分前になると……

「驚きの展開だねぇ。まさか、日曜日にシノちゃんから呼び出されちゃうなんて」

からかい調子の笑みを浮かべた藤峰アンが、俺の正面に腰を下ろした。

彼女は、俺のクラスメートであると同時に、同じ光郷グループから雇われた諜報員。

暗号名『隣人』。主な任務は、真の後継者である光郷リンの直正高校内での護衛。

ただし、今日のような休日までリンと共に過ごすと、逆に不自然だと感じられることを懸念して、休日は別の諜報員がリンの護衛についている。

「うちはオフだけど、シノちゃんはいいん？　天使ちゃんをほっといて」

「問題ない。いや、むしろ問題が起きたからこそ、そばにいれないと言ったところか」

「うわ……。帰りたくなってきた……」

スレンダーな体形に、少し鋭い瞳。休日ということもあって、格好は私服。

ブランドのロゴ入りの白いTシャツの上にチェックのブラウスを羽織り、下はその脚線美がよくわかるデニムのショートパンツ。

そういえば、彼女の私服姿を見たのは久しぶりかもしれないな。

「とりあえず、何をやらかしたか言ってみ」

やはり、同じ諜報員同士だと話が早いな。

まずは、情報を正確に伝達すること。それが最も重要だと、藤峰はよく分かっている。

ならば、伝えようではないか。昨日、何が起きたかを。

…………

……

「――というわけだ」

「うわぁ……。そりゃ、やらかしたねぇ……」

俺から話を聞き終わると、藤峰は心底呆れた眼差しを向けた。

「原因が分かるのか？」

「むしろ、分からないことにビビる」

「どういうことだ？」

「いやさ、それ、天使ちゃんは普通にデートがしたかったんじゃないん？　なのに、実は任務（ミッション）だったなんて知らされたら、二つの意味で怒るっしょ？」

「二つの意味とは？」

「自分より任務（ミッション）を優先されたこと、自分に任務（ミッション）だって伝えられてなかったこと」

「それは藤峰（ふじみね）の勘ちが……いや、俺の伝達不足だな。エマは任務（ミッション）ということを知っていた」

「え？　そうなん？」

「ああ。俺がエマにレーヴェスシーへ行こうと提案したのと同じタイミングで、彼女も俺にレーヴェスシーへ行こうと提案したからな。彼女もリンから話を聞いていたはずだ」

「それ、奇跡的な偶然が起きてるとかないよね？」

奇跡的な偶然だと？　いったい、藤峰（ふじみね）は何を言っているんだ？

だが、そこを深掘りするつもりはないようで、「まぁ、後で確認しとくか」と小さく呟（つぶや）いた。

「ま、いいや。そんじゃ、原因不明だとして、シノちゃんはうちに何を手伝ってほしいわけ？言っとくけど、この貸しはでかいよぉ～？」

意地の悪い笑みだが、藤峰（ふじみね）がすると不思議と嫌悪感（けんお）はない。

「無論、謝礼は用意してある。まずは、ここで好きなものを注文してくれていい」

「おっ！　ごっそさん！　てか、ここのカフェってシノちゃんにしては、中々いいセンスしてるよね。シノちゃんだったら、適当な廃ビルとかに……」

「何を言う。ここは、藤峰(ふじみね)が以前に教えてくれた場所ではないか」

「へ？」

以前に藤峰(ふじみね)が教えてくれた、高校生にも手頃な値段で雰囲気の良い(い)店。

俺は、その内の一つを選択したに過ぎない。

「あ〜、そういや、そうだったっけ……」

何やら、歯切れが悪いな。

「うむ。藤峰(ふじみね)が、特定の誰かと共に行きたくてリストアップしていると思ってな。しかし、俺達のような仕事をしていると、そういった相手を作るのは困難だ。なので、藤峰(ふじみね)の仕事に理解のある俺が一旦は代役として……」

「それ以上言ったら、殴るよ？」

藤峰(ふじみね)が、満面の笑みで恐ろしい怒気を発した。なぜだ？

「はぁ……。なんで、この気遣いを天使ちゃんとかリン様に……」

「エマとリンがどうかしたのか？」

「何でもない。とりま、続きを聞かせて」

「分かった。ひとまず、原因は分からないが解決案を立てた。そこに藤峰(ふじみね)の力がいる」

「内容を聞かないと分からないねぇ。そもそも、うちはうちで仕事があるし」

「その懸念は不要だ。当日は、母さんに藤峰へ扮してもらい、役割を交代することができる。母さんの技術であれば、藤峰の壊滅的な胸部も完璧に再げ……痛いじゃないか」

満面の笑みを浮かべながら、俺の頭部をはたかないでほしい。

「少しはデリカシーってもんを持とうか」

事実を告げただけで、なぜ暴力を？　これが思春期というものか？

「で、なに？　九割方断るつもりだけど？」

まだ詳細を説明していないというのに、ひどい話だ。

「ああ。それなのだがな……」

トラブルを乗り越えるための別のトラブル。それは……

「母さんの技術を駆使して、藤峰には刺客に扮してもらいたい」

「は？」

俺が考えた策はこれだ。藤峰には、偽の刺客へと成り代わってもらう。

そして、藤峰を俺とエマの二人で協力して撃退することによって、関係性の改善。

加えて、もしも監視をしている本物の刺客がいた場合、そう簡単に手を出せない相手だと警戒心を刺激することができ、エマの安全性まで上昇するという完璧な策である。

「無論、ただの刺客ではないぞ。他者の嫌悪感を限りなく刺激する醜悪な容姿にする予定だ。

だらしない贅肉(ぜいにく)に縞(しま)模様の頭皮。加えて、刺激的な加齢臭も……」

「断る」

いったい、何が気に召さなかったのだ？

が、問題はない。俺はこれまでの失敗から、多くのことを学んできた。

俺は、エマとの恋人任務(ミッション)において非常に失敗が多い。そんな時のために……

「では、別案を提示させてもらう」

こうして、予備の策を用意しておいたのだ。

「この時点で断る気しかしないけど、一応言ってみ」

「うむ。別案は、俗に言う色仕掛(いろじか)けだ。藤峰(ふじみね)には、俺に——」

「ぜってぇ断る」

「なぜだ？」

「色んな意味で危険すぎ。うち、絶対にやらないから」

危険だと？　むしろ、先程の策よりも安全性は遥(はる)かに高いではないか。

藤峰(ふじみね)に刺客に変装してもらう場合、多少の戦闘も想定していた。

その場合、任務(ミッション)に支障をきたさない範囲ではあるが、藤峰(ふじみね)が負傷する可能性がある。

しかし、こちらの策であれば、そういった心配は一切ない。

だというのに……む？　待てよ。もしかして……

「なるほど。確かに、配慮がなかったな。すまない……」

「すっげぇ勘違いしてそうだけど、ほんとにうちが断った理由分かってる？」

「当然だ。藤峰が俺に対してアプローチをしているところを、他の生徒に見られたら困るのだろう？　それにより、藤峰の意中の相手に誤解をされてしまうと――」

「それ以上、しゃべるなぁぁぁぁぁ!!」

とてつもない叫びが、店内に木霊した。

「藤峰、声が大きすぎる。俺達の立場を考えろ」

「あ、あんた、ほんとムカつく！　なんで、肝心なことは鈍いくせにこういう時は……」

これまでに見たことがないほどに、赤面させて声を震わせる藤峰。

どうやら、勘違いはしていなかったが、それを言葉にしたことが問題だったようだ。

「すまない。以後、気をつける」

「マジで気をつけろよ！　とにかく、シノちゃんの救援要請はなし！　絶対手伝わん！」

「しかし、それでは俺達の関係が……」

もしも、このままエマとの恋人関係が解消されてしまったら、リンの命が危険に晒されるかもしれない。それだけは、確実に避けなければならないんだ。

「ちょい待って。うちのほうでも、ちょっと動いてみるから」

「動く？」

「そっ。どうでもいいことは鋭いくせに、肝心なところは鈍いシノちゃんのためにね」

「それをして、どうなる？」

「まぁ、上手くいけば仲直りできんじゃない？　失敗した時は、その時考えな」

「むぅ……。分かった……」

藤峰が何を確認するつもりか分からないが、他に当てがない以上やむを得まい。

「それと……。さっきの話、誰かにしたら殺すから……」

「さっきの話とは、藤峰に意中の人物が――」

「口に出さなくていいから！　そう！　その話！　ほんとに誰にも――」

「分かっている。俺達にとって、そういった感情は任務の妨げになってしまうからな。あえて、誰にも告げずに耐え忍ぶのだろう？　ならば、誰かに言う必要はあるまい」

「あんがと……」

どこか照れくさそうに、藤峰がオレンジジュースを口に含む。

その素振りは、普通の女子高生としか言えない完璧な所作で、俺は休日でも完璧に振る舞う藤峰に対して内心感心したのであった。

——日曜日。

私——鳳エマは、一人でお出かけをしていた。

「もう、色々最悪だよ……」

シノに任務のことを忘れて、息抜きをしてもらおうと思ってたのに全部失敗。

まさか、レーヴェスシーに行くこと自体が任務だったなんて……。

大切な任務で全然役に立たなかったこと、そもそも任務を教えてもらえなかったこと。

色々な気持ちがグチャグチャに混ざって、シノにひどいことを言っちゃった……。

しかも、私は一つ大きな勘違いをしてたの……。

私は、シノがまた任務のことを伝えてくれなかったと思ってた。でも、それは間違い。

あの後、お家でユキちゃんから教えてもらえたんだ。

シノは、私が任務のことを知ってると思ってたって。

本当にすごい偶然だったんだけど、私達がデートの場所を決めるちょっと前に、シノはリンちゃんから『レーヴェスシーでデートをして』っていう、任務を言われてたんだって。

そのタイミングで、私がレーヴェスシーに行こうって言ったもんだから、シノは私も任務のことを知っていて、あえて自然な形で提案したと思ってたみたい。

その事情をユキちゃんが知ったのは、レーヴェスシー当日。

私が心配だったユキちゃんは、久溜間道家（くるまみちけ）の人達と一緒に護衛という名目でレーヴェスシーについていって、そこで事情を聞いたんだって。

ついでに……

『久溜間道（くるまみち）の旦那さん、本当にすごいの！　まさか、あんな完璧なナビゲーションでレーヴェスシーを案内してくれるなんて……。一分の隙もなく楽しめたわ！　隠れミルキーを全部見つけるのよ！　さすが、お父様に仕えていた諜報員（エージェント）ね……』

って、とても上機嫌に私に対してレーヴェスシーの話をしていた。

どうやら、ユキちゃんはユキちゃんでレーヴェスシーを楽しんでいたらしい。

……私だって、楽しかったもん。

ともあれ、そんなことを気にするのは後回しだ。

問題は、私が勘違いをしてシノにひどいことを言っちゃったことだよ。

シノ、怒ってるよね？　もしかして、私のことが嫌いになったり……

「うぅぅ……」

ユキちゃんからお話を聞いた後、すぐにメッセージを送った。

ちゃんと謝ったんだけど、返ってきたお返事は『これからもよろしく頼む』っていう、短い一文だけ。きっと、シノはすごく怒ってる。だけど、優しいからそれを言葉にしないで……。

「もっとちゃんと、お詫びを伝えないと……」

これで、シノから「もう恋人のふりはやめよう」なんて言われるのは絶対いや。

だから、明日会ったらもう一度ちゃんと謝る。それと……

「シノ、何が好きなのかなぁ？」

私の現在地は、こないだシノと一緒にきたポートシティ岩堀プラザ。

シノに何かお詫びを送ろうと思って来てみたんだけど……物で許してもらおうなんて、ずるい考えなのかな？　それなら、今度こそ任務で頼れるところをちゃんと……

「何にもできないじゃん……」

小さく言葉が漏れた。

結局、私は今回も何もできなかった。

勘違いで行ったレーヴェスシーでも、ただ楽しんでいただけ。

刺客が襲ってきた時も逃げることしかできなくて、シノの足を引っ張った。

その間に、シノは怪我をしながらちゃんと悪い人をやっつけて……。

「……あ」

ふと、私の眼に入ったのは、こないだシノと二人で行ったクレープショップRUSA。

タイミングが良かったのか、並んでる人は誰もいない。

考えるのには糖分を使うって言うし、クレープでも食べよっかな。

確か、こないだは私がイチゴチョコ味を食べて、シノがカスタードバナナ味だった。

「…………」

そんなわけないってのは、分かってる。

けど、少しでもシノの気持ちが分かるなら……。

「……すみません。カスタードバナナ、一つ下さい」」

その時、ちょうど同じタイミングで、私とまったく同じ注文をする子がいた。

いけない。ボーッとしてて、ちゃんと見てなかったよ。

順番はちゃんと……って、え？　ええぇぇぇぇぇ!!

「エマさん!?」「チヨちゃん!?」

ビックリした……。どうして、こんな所にチヨちゃんがいるの？

しかも、私と同じカスタードバナナ味を……

「あ～。あはは……。なんか、すごい偶然だね……。エマさん」

いつもは元気なチヨちゃんだけど、今日は元気がないみたい。

笑ってはくれてるけど、その笑顔はすごく弱々しい。

「そ、そうだね……。チヨちゃんは、どうしてここに？」

「ちょっと一人になりたくて……。それと、こないだシノ兄が食べてたクレープが美味しそうだったから……。エマさんは？」

「私も似たような感じかな。ちょっと、シノのことで……」

「「…………」」

そこまで話したところで、私達はお互いに沈黙しながらジッと見つめ合った。

もしかして、チヨちゃんがカスタードバナナを注文した理由って……

「ねぇ、チヨちゃん。少し一緒にお話しない？」

「そうしよっか……」

それから、私達はそれぞれカスタードバナナを買って、ベンチを目指していった。

◇

「「はぁ～！」」

ベンチに腰を下ろすと同時に、私達は大きなため息を吐いた。

そして、二人でカスタードバナナのクレープを一口食べた後……

「私、いつもみんなの足を引っ張ってるんだ……」

チヨちゃんが、弱々しい声でそう言った。

「え？　どういうこと？　だって、チヨちゃんはシノと同じ課報員で……」

「同じじゃないよ……。だって私、弱いもん……」

「弱い？」

「パパもママもシノ兄も、すっごく強い。……でも、私は違うの。とても弱い。戦闘訓練を受けた経験なんて、一度もないからさ。だからほら、前も簡単に捕まっちゃったでしょ？」

それは、少し前にあった能美(のうみ)先生とのことだろう。

「そう、なんだ……」

シノ達があんなにすごいから、チヨちゃんも同じだと思ってた。

だけど、違ったんだ……。

「もし、私がちゃんと戦えたら、あの時にエマさんが捕まることもなかった。シノ兄が怪我(けが)をすることもなかった……」

「でも、チヨちゃんがいてくれたおかげで助かったよ。だから、すごく感謝してる！」

あの時、チヨちゃんは必死に私のことを助けてくれた。

沢山の男の子に追いかけられる私を逃がしてくれて、すごく頼りになった。

「ありがと……。でも、それくらいしか私にはできなかったの……」

そう言った後、「シノ兄達だったら、もっと上手(うま)くやってた」と悔しそうにつぶやいた。

「チヨちゃん……」

「だから、自分のできるところでは役に立ちたいって思ってたのに、思いっきり空回り。こないだのレーヴェスシーでも、勝手に単独行動をして、シノ兄に怪我(けが)を……」

チヨちゃんが、ギュッと手を握り締める。

「あの時は大丈夫だった。でも、次はダメかもしれない。もしかしたら、シノ兄が死んじゃうかもしれない……。そんなこと、絶対させない。私はシノ兄の力になりたい」

「チヨちゃんは、シノが大好きなんだね」

「……うん」

ほっぺたを少しだけ赤くして、チヨちゃんが頷(うなず)いた。

「私が普通の生活ができたのは、シノ兄のおかげだから……」

「どういうこと？」

「本当は、私も子供の時からシノ兄みたいに厳しい訓練を受けるはずだったの。けど、シノ兄が、自分が私の分まで任務(ミッション)をこなすから、私には普通の生活をさせてほしいって……」

そうだったんだ……。だから、チヨちゃんは……。

「私のせいで、シノ兄は小学校にも通えなかった……。その分、ちょっと変な人になっちゃったんだけど、その変なところがシノ兄の愛情みたいに感じてさ……」

「やっぱり、シノは優しいね」

「でしょ？　私の自慢のお兄ちゃん」

少しだけ、胸が温かくなった。

シノは、変なことをするし、ズレてるところもいっぱいある。

だけど、目いっぱいの愛情をくれる人。本当に、本当に優しい人なんだ。

「だけど、私だけ普通の生活を送るなんて嫌だったからさ、自分なりに色々と勉強したんだ。それで、シノ兄からはすごく反対されたけど課報員（エージェント）になった。後方支援って役割で」

きっと、この言葉の何倍も努力をして、チヨちゃんは課報員（エージェント）になったんだ。

すごいな……。

「けど、まだ全然。だから、このまま……弱いまま、役に立たないままなんてイヤ。シノ兄は、充分頑張ってくれてるって言ってくれたけど、全然足りてないよ……。ちゃんと証明したい。私だって、立派な課報員（エージェント）だって……。エマさんも、同じでしょ？」

チヨちゃんが、優しい笑顔で私を見つめてくれた。

「うん……。私もシノの、みんなの役に立ちたい……。けど、何もできなくて……」

気持ちだけなら誰にも負けない自信があるのに、体がついてきてくれない。

私は、ユキちゃんみたいに頭がいいわけでもなくて……

「ホリ・ホリ・ホリ～」

その時、ポートシティ岩堀（いわほり）プラザのマスコットキャラ、ホリッ君が私達の所にやって来た。

今日は来てくれたお客さんに、ステッカーを配ってるみたいで、私とチヨちゃんにそれぞれ一枚ずつ、ずんぐりむっくりな手でステッカーを渡してくれた。

可愛（かわい）いホリッ君のイラストに、『一人で悩まないでホリ』というメッセージが書いてある。

「ふふふ……。ありがと、ホリッ君」

「あんがとね、ホリッ君」

「ホリ・ホリ～！」

私達がお礼を告げると、ホリッ君は嬉（うれ）しそうにステップを踏みながら、他のお客さんのところに向かっていった。

「一人で悩まないで、か……」

受け取ったステッカーを見つめながら、チヨちゃんが小さくそう言った。

そして、私を見つめると……

「ねぇ、エマさん。私達で頑張ってみない？」

「え？」

チヨちゃんはいったい、何を言っているんだろう？

「シノ兄が言ってくれたの。失敗は得意分野で巻き返せばいいって。だから、私達は私達の戦い方をする。もし、上手（うま）くいったら、今度こそ絶対にシノ兄の力になれることがあるんだ」

「ほんと！　私も、シノの力になれるの⁉」

「それは、エマさん次第だけどね。……、で、どうする？　嫌なら――」

「教えて！　私も、シノの力になりたいの！」

「決まりだね。じゃあ、一緒に来て！　まずは準備を整えないと！」

「うん！」

私に何ができるのか、それはまだ分からない。

だけど、シノの力になれるなら、何だってする。

私だって、諜報員（エージェント）なんだから！

「えーっと、チヨちゃん。なんで、こんな所に？」

思わず、疑問がそのまま言葉になって漏れていった。

意気揚々とチヨちゃんについていったのはいいんだけど、やってきたのはネットカフェ。

こんな場所で、シノの力になれることなんてあるのかな？

「ここ、結構いいゲーミングＰＣが置いてあるからね。色々、都合が良かったんだ」

そう言いながら、チヨちゃんはノートパソコンを取り出した。

確かに個室にパソコンは置いてあるけど、それなら、自分のはいらないんじゃ……。

「順を追って説明するんだけど、昨日のレーヴェスシーで手に入れたＵＳＢがあったじゃん？　実はあの中に暗殺計画が書かれてたの」

「あんさ……っ！」

そこまで言ったところで、咄嗟に両手で口をふさぐ。

危ない。とんでもないことを、大きな声で言いそうになっちゃったよ。

「ターゲットは、光郷家の四女……光郷マオ様。SPLENDORの社長をしてる人」

SPLENDOR……すごく有名なゲーム会社だ。すごく面白いゲームを沢山出してて……、確か光郷グループの系列の会社だったよね。

「けど、この計画自体が少しキナ臭くてさ。マオ様は、本当に命を狙われてるかもしれないし、この計画を餌に私達……ううん、シノ兄をおびき出そうとしてる可能性もあるの」

そっか……。手に入れた情報を、そのまま信じるだけじゃダメなんだ。

「だから、本当は介入したくないんだけどさ、もしもマオ様が命を狙われてるなら、私達はマオ様を守らないといけない」

何となく、『様』付けで養子の人のことを呼ぶチヨちゃんを見ていて、この子も小さいけど、課報員なんだなって思った。……私より年下なのに、すごいな。

「あのさ、チヨちゃん……」

「ん？」

こんなことを考えるのは、間違えているかもしれないけど……

「その、さ……。どうして、シノ達が助けるの？　だって、向こうは……」

前に、能美先生に捕まった時は本当に怖かった。

あんな怖い人達を雇って、シノを殺そうとしているのが養子の人達。

どうして、自分の命を狙ってるかもしれない相手をシノ達が……

「私達は反乱分子を処理するけど、明確な証拠が出てない養子の人達を守る義務がある。将来、光郷グループが後継者に引き継がれた時、養子の人達の力は絶対に必要だから」

「あ……」

そうだった。シノの目的は、反乱分子をやっつけることじゃない。

それはあくまでも手段で、本当の目的は光郷グループにちゃんとした会社の形を保たせながら、リンちゃんに後を継いでもらうことだ。

「だから、なんとか調べたいんだ。マオ様が敵か味方かを……」

「直接聞きに行くのは、難しいんだよね？」

「うん……。元々、複雑な関係ってのもあるけど、マオ様ってものすごく警戒心の強い人なの。会社の会議とかも全部リモートでやってて、よっぽど信頼された人じゃないと、直接会うことなんてできない。だから、最初の目標はマオ様の信用を得ること」

そう言いながら、チヨちゃんが個室に設置してあるパソコンを操作した。

「これでね」

チヨちゃんが起動したのは、パソコンにインストールされていたネットゲーム。

それは、三年前からＳＰＬＥＮＤＯＲが運営しているもの。

ただ、会社の出してるゲームをやっただけで、信用されるとは思わないんだけどなぁ……。

「エマさん、多分勘違いしてる。別に、このゲームをプレイするだけじゃないからね？」

「え！　も、もちろん、分かってるよ！」

「へぇ～……」

うぅ……。やっぱり、私は嘘が下手だなぁ……。

「実は、このゲームってマオ様が大好きなゲームなの。成績に応じてランクが出てね、プレイ人口が二〇〇〇万人以上いる中のトップがマオ様」

「わっ！　そうなんだ……」

自分が作ったゲームだとしても、二〇〇〇万人の中でトップを取るなんてすごい。

「だから、私もこのゲームでトップ層に入ってマオ様とコンタクトを取るの。そうしたら、仲が良くなって、暗殺計画を伝えられるかもしれない」

そういうことか……。

警戒心が強くて、誰ともかかわろうとしないマオさん。

そんな彼女が、唯一人と接点を持つのが、このゲームの中だけ。

だからこそ、チヨちゃんはそのゲームをやって、マオさんと仲良くなろうとしてる。

「ということで、エマさん！　早速、始めよっ！　時間はそんなに……」

「あ、ちょっと待って。一つだけ、聞きたいことがあって……」

もちろん、私もチヨちゃんと一緒にシノの力になりたい。

だけど、私にはもう一人、気にしないといけない人がいる。……ユキちゃんだ。

「あのさ、チヨちゃん。この任務(ミッション)って、そんなに危なくないよね？　その、危ないことだと、ユキちゃんに心配をかけちゃうから……」

「それなら、大丈夫だよ。ただ、ゲームをするだけだしね」

よかった。それなら、私がお手伝いしても大丈夫そう。

「じゃあ、始めるよ？」

「う、うん！」

これで上手(うま)くいけば、今度こそ本当にシノの力になれる。

そう思うと、ものすごく緊張してきた。

「この中に、マオさんが……」

ゲームの名前は、『タクティクス・シャトラ』。

名前だけは聞いたことがあるけど、どんなゲームかは分からない。

なんだかすごくかっこいい男の人やかっこいい女の人が、タイトル画面に映ってる。

「ねぇ、チヨちゃん。これって、どんなゲームなの？」

「簡単に言うと、シミュレーション系の対戦型ゲーム。だから重要なのはＰＳだよ」

「PS？」

「プレイヤースキルってこと。タクシャは、プレイ時間が長ければ強いなんてことはないの。相手も自分も、同じ戦力が与えられるから、それを如何に使うかが肝になるんだ」

タイトル画面から、次の画面へ。

すると、そこには可愛い女の子が表示されていた。

名前はバンブー。最初から設定されてる、名前なのかな？

「まずは、名前を変えないとね。私とエマさんの二人でやるし……エチタッグなんてどう？」

「うん。いいと思う」

そうして、私達はエチタッグとなって、ゲームの世界へと入っていった。

「じゃあ、まずはチュートリアルからだね」

タイトル画面に表示されているチュートリアルボタンを押すと、ゲームの説明が始まった。

へぇ……。フィールドがマス毎に区切られていて、そこに色々な兵士達を配置して、相手の王様をやっつけたらこっちが勝ち。逆に、自分達の王様がやられたら負けなんだ。

なんだか、少しチェスと似てるゲームだな。

でも、鹵獲兵って兵士で敵をやっつけると、相手の兵士を自分の戦力として使えるみたい。

この辺は、将棋に似てるかも。

「ストーリーモード、フリーモード、バトルモード？　どうして三つに分かれてるの？」

「基本は全部対戦なんだけど、相手が違うんだ。ストーリーとフリーはCPUと対戦で、バトルはプレイヤー同士の戦い。ストーリーは、進めていくと段々敵が強くなって、フリーはCPUの強さを選んで戦えたり、友達同士で戦ったりできるの。他にも、プレイヤー同士が手を組んで強いボスに挑むレイドモードなんてのも、期間限定イベントでやってるよ」

わぁ～。色々考えられてるんだなぁ。

「で、この人がマオ様」

チヨちゃんがゲーム画面を操作して、バトルモードにあるランキングという部分を見せてくれる。すると、その一番上には『デビルキング』という人物の名前が表示されていた。

「なんていうか、すごい名前だね……」

「『マオ』から『魔王』でってことなんだろうね……。まぁ、ダントツでトップだし、ピッタリの名前だとも思うけど……」

チヨちゃんが、どこか複雑な表情を浮かべながらそう言った。

「最初の目標はマオ様と対戦できるようになるまで、ランクを上げること。タクシャは、ランクが『グラヴェル』から『ダイヤモンド』まで一〇段階に分かれてて、一番上のダイヤモンドまでいかないとマオ様とは戦えないからさ」

「それって、結構時間がかかる？」

「ふふふ……。問題ないよ。ほら、これを見て」

そう言って、チヨちゃんは私達のキャラクターのランクを表示する。

するとそこには……

「え？　えぇぇぇ！　ダ、ダイヤモンド⁉」

なんで、私達が最初から『ダイヤモンド』になってるの⁉

だって、普通は一番低いランクから……

「実はこのアカウント、譲ってもらったアカウントなんだ。タクシャはプレイ人口が多いけど、もうプレイしていない人もいる。そういう人のアカウントを――」

「本当に、譲ってもらったんだよね？」

何となくだけど、少し含みのある言い方だったから聞いてみた。

「うっ！　ま、まぁ、少し乱暴な方法は使ったけど……」

「乱暴な方法？」

「ハッキングしたの……。SPLENDORのサーバーに直接するのはまずかったから、このアカウントの持ち主のパソコンのほうを……」

「チヨちゃん、それはダメだよ！　だって、この人は……」

「し、仕方なかったんだって！　ほら、この人はもう半年以上プレイしてないし、真面目にランクを上げようとしたら、ものすごく時間がかかるんだもん！」

「だ、だけど……」

「対戦で全勝したとしても、一〇〇〇時間はかかるよ？」

「せん……っ！　こ、今回だけは仕方ないね！」

大会が始まるまで二週間しかないんだもん。うん！　今回は仕方ない！

ごめんなさい！　終わったら、ちゃんと返しますから！

「よし。それじゃあ、早速対戦を始めよ。ダイヤモンドクラスにはなれたけど、まだまだ上の人達がいる。この人達に勝たないと、マオ様とは戦えないからね」

「分かった」

…………

……

『敗北。王は死んだ』

「うぅ～！　また負けた……」

二時間後、チヨちゃんの悔しそうな声がネットカフェの個室に響く。

ズルをして一番高いランクから始めた私達だったけど、そこから先は厳しい道が待っていた。

今日、初めてゲームを始めたチヨちゃんと、今までずっとゲームをやってきたネットの人達では技術に大きな差があって、未だに一度も勝てていない。

私達の持っているポイントは、見る見るうちに減っていった。

「強すぎ……。なんで、私の作戦をことごとく読んでくるわけ！」

「チ、チヨちゃん、落ち着いて。声がおっきくなってる」

「でもさぁ～……」

チヨちゃんが、涙目で私に訴えてくる。

ここまでチヨちゃんがゲームをやるのを見ていて、色々と勉強になった。

確かにチュートリアルで、大まかなルールや操作方法を覚えた私達だけど、『タクティクス・シャトラ』には他にも覚えることがある。……それは、定石だ。

相手の兵士の配置や動きを見て、向こうの戦略を予測する。

それに合わせてこっちも戦略を練らないと、あっさりと負けちゃうんだ。

だけど……

「ねぇ、チヨちゃん。次は私にやらせてくれない？」

「え？　エマさんが？　でも、このゲームはほとんどやったことがないんじゃ……」

「うん。だけど、このゲームなら大丈夫だと思う。だって、似てるもん」

私の唯一の特技……チェスに。

今までの戦いで、チヨちゃんと対戦相手の人が色々な作戦を見せてくれた。

そのおかげで、定石を色々覚えることができた。

だから、今なら……

「多分、さっきくらいの人になら勝てると思う……。だから、私に任せて」

「う、うん……」

　そうして、私はバトル開始ボタンを押す。

　マッチング待機。何だか、この緊張感は懐かしいな。

　昔出たチェスの大会の待ち時間に、ちょっと似てる。

『マッチング!!』

　決まった……。対戦相手の名前は、ヤンガーブラザーK。

　ネットゲームには、色々な面白い名前の人がいるね。

「じゃあ、やってみるね」

…………

……

『勝利。王を討った』

「やったぁ！」

「すごい！　エマさん、すごいよ！　まさか、こんなに強いなんて……」

「任せてよ！」

　こんな形で、私のチェスの技術が役に立つと思わなかった。

　最初は負け続けていた私達だけど、今は連戦連勝。順調にランクを上げていた。

「あ、またさっきの……ヤンガーブラザーKさんだ」

「ふふふ……。カモが来たね」

チヨちゃんが、ものすごく悪い顔で笑ってる。

どうやら、ポイントが近い人同士は当たりやすいみたいで、ヤンガーブラザーKさんとは、これで七回目のマッチングだ。

「よし！　勝てた！」

「すごっ！　もしかして、今までで最速で勝ったんじゃ？」

「攻撃に特化した攻め方をしてきたから、崩しやすかったんだ」

「わっ！　めっちゃ助かるね！　カモさん、また同じ戦法で挑んでくれないかな？」

チヨちゃん、カモさんじゃなくてKさんだよ……。

「ふぅ……。チヨちゃん、そろそろ……」

「あ、そうだね！　もうすぐ夕方になっちゃうし、帰らないとパパ達が心配しちゃう」

時間は有限だ。午前中に出会った私達だけど、気づけば時間は一七時。

もう帰らないと、私もユキちゃんに心配をかけちゃう。

「五三二位か……。まだまだ、一位のマオ様までは遠いなぁ」

ここまで順調に順位は上げられた。だけど、最初から全部が上手くいくわけじゃない。

順位が上がれば、もっと強い人と戦うことになるだろうし、もっと勉強しないと！

「ねぇ、エマさん。明日からなんだけど……」

「うん！　放課後はこのネットカフェに集合だね！　あんまりできないけど、ちょっとずつでも順位を上げていかないと」

「ありがとっ！　エマさんがいてくれて、本当に良かったよ！」

「それは私も一緒だよ。チヨちゃんがいなかったら、ずっと時間はかかってたしね！」

「えへへ……」

ミライも可愛かったけど、チヨちゃんもすっごく可愛い。

こんな子が妹なんて、シノは幸せ者だね。

「ただ、このままだとやっぱり時間が足りなそうだね……。エマさんのおかげで、ランクはかなり上がったけど、まだ上に五〇〇人以上いる。今後のことも考えると、あと一週間以内に何とかマオ様とコンタクトを取りたいし……よし！　私のほうで何かいい方法がないか考えてみる！　エマさんは、ゲームのほうをお願い！」

「分かった！　絶対、誰にも負けないから任せてよ！」

ネットカフェに、ハイタッチの音が響く。

なんだか、初めて自分がちゃんと任務をしている気がして、嬉しかった……。

けど、ここから先は注意が必要だね。

明日から、学校が始まる。そしたら、シノと過ごす時間が多くなるんだ。

このことは内緒にしないといけないけど、シノはものすごく洞察力に富んでいる。

しかも、放課後になったら、絶対に私をお家まで送ってくれるし……。
何とか、シノに気づかれないように頑張らないと！

# 第四章 交流任務

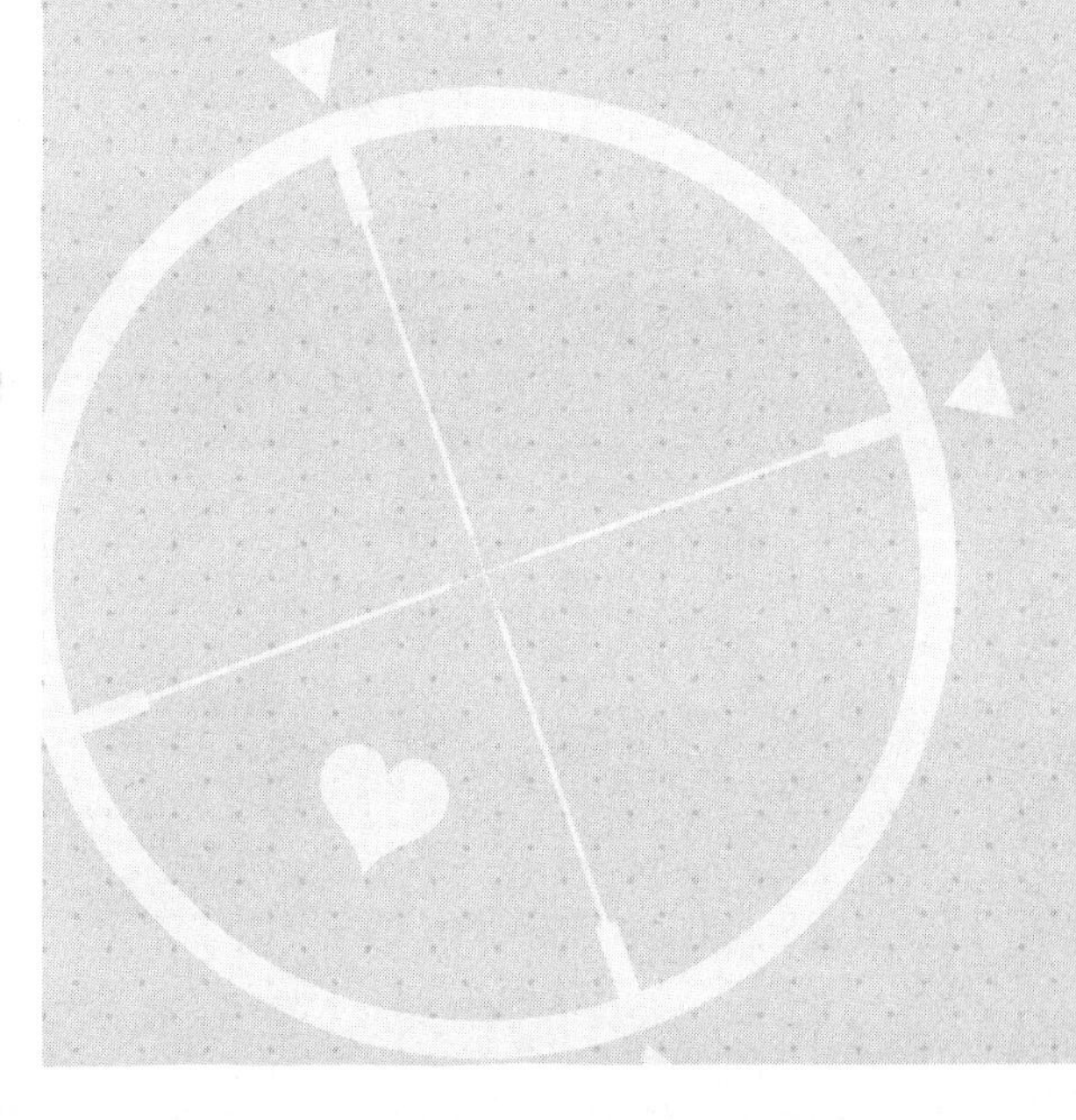

「土曜日は本当にごめんなさい！　全部、私の勘違いだったの!!」

月曜日の朝、マンションの前でエマと合流すると、開口一番に謝罪を伝えられた。

そこまで深く頭を下げなくてもいいのだが……。

「いや、俺もすま――」

待て。父さんの惨劇を思い出せ。

俺は、未だにエマを不機嫌にさせてしまった理由を分かっていない。

そんな状態で謝罪を口にしてしまうと、エマを傷つけてしまう可能性が……

「シノ？」

「いや、なんでもない。その、どういった勘違いかを教えてもらうことは……」

「うっ！」

エマが、僅かに体を震わせた。

「その、ね……。シノが私に任務のことを内緒にしてると思ったの。それで、また置いてけぼりにされたんだって勘違いしちゃって……」

「君は、任務について知らなかったのか？」

「うん……。でも、シノは知ってると思ってたんでしょ？　その、私がレーヴェスシーに行こうって提案しちゃったから……」

もしや、昨日藤峰（ふじみね）が言っていた『奇跡的な偶然』とはこのことだったのだろうか？

だとしたら、奇跡ではなく悲劇だな……。

「そうだったのか……」

だが、仮にエマが任務（ミッション）のことを知らないと理解していたら、俺は彼女に任務（ミッション）の内容を伝えていただろうか？　彼女には、純粋に楽しんでもらいたいと考えて……

「やはり、悲劇ではなく奇跡かもしれないな……」

「え？」

「いや、なんでもない。しかし、一つ疑問があるのだが……」

「どうしたの？」

「なぜ君は、レーヴェスシーに行こうと提案したのだ？」

あそこは非常に充実した時間を過ごせる素晴らしい場所ではあるが、課報員（エージェント）が潜み放題の危険性の高い場所だ。実際、あの時も三〇人以上の課報員（エージェント）が潜んでいたからな。

「それは……」

「それは？」

「シノの息抜きになるかなって思ったの……。いつも任務（ミッション）ばかりで大変そうだから、たまには何も考えないで楽しんでもらえないかなって……」

「そうだったのか……」

まさか、エマがそこまで俺を気遣ってくれていたとは……。

もしかして、俺は普段から張り詰めた雰囲気を出してしまっているのだろうか？

そして、エマはそれを感じ取ったからこそ、俺のために……。

「分かった。ひとまず、誤解が解けてよかった」

「ごめんね……。誤解もしちゃうし、全然役に立たないし……」

「いや、俺のほうこそすまなかった。君が知っていると決めつけて、事前確認を怠ってしまったのだから……。だから、その……ここはお互い様ということにしないか？」

「……うん。ありがと……」

沈んだ表情のエマを見つめていると、自分が情けなくなる。

俺が課報員（エージェント）ではなく、普通の高校生だったら彼女にこんな顔をさせずに済んだのだろうか？

「それと、君が役に立ってないなんてことはまるでないぞ。君がいてくれるだけで、俺は本当に助かっているんだ」

「いるだけ、か……。うん、ありがと……」

「………」

エマの沈んだ表情が思い起こさせたのは、俺が初めてこなした任務（ミッション）での経験。

一〇歳になった俺は、いよいよ訓練ではなく実戦へと挑戦することになった。

内容は、同い年の少年の護衛任務（ミッション）。

ただし、俺に指示された内容は、敵対諜報員（エージェント）の撃破ではなく、逃走補助。

『襲われた時は、無理して戦っちゃダメよ。逃げるだけでいいから』

共に任務（ミッション）についてくれた、母さんからの指示。

それが俺の身も案じていたからこその優しさであることを、当時の俺は分からなかった。

むしろ、自分の力を侮（あなど）られたような気がして、悔しかった。

そして、俺は自分の力を証明するために、襲い掛かってきた諜報員（エージェント）に対して戦闘を仕掛け……無様に敗れた。危うく俺も護衛対象も命を失う危機に瀕（ひん）したが、すぐさま母さんが駆けつけてくれたおかげで、俺達の命は救われた。

あの時、母さんは俺を怒らなかった。「分かっているなら、それでいい」と。

情けなかった。まるで、俺のミスは織り込み済だと言われているような気がして……。

もしかしたら、エマも同じような気持ちを……難しいな。

エマ、俺は君を信用していないわけではないんだ。

君でなければ、俺の偽（にせ）の恋人は務まらない。心から信じているし、頼りにしているんだ。

だからこそ、君には不必要な危険を冒してほしくない。君を守りたい。

そんな気持ちをこめて、普段よりも少しだけ強く彼女の手を握り締めた。

「それじゃあ、直正高校に向かおう」

「あ……。うん！」

俺は、間違いの多い男だ。だから、この考えも間違えているのかもしれない。

だが、思い当たる要素は多々ある。

彼女は、自分も任務に参加したいのではないだろうか？

恋人のふりをするという彼女に与えられた任務をこなすことはもちろん、それに加えて俺達が普段行っているリンから告げられた任務を。

だとすれば、俺は……

「そうだ、エマ。今日の放課後なのだが……」

「あっ！　えとね、シノ。実は、私も放課後のことで話が――」

「すまないが、今日は一緒に帰れないんだ。別の予定が入っていてな」

「え？　別の予定？」

「ああ。といっても、任務ではないぞ。コウにラーメンを奢るという約束をしていてな。それを果たさなくてはならない」

「そうなんだ！　分かった！　じゃあ、私は一人で帰るね！」

心なしか、エマの声が弾んでいる気がする……。

そんなに、俺と一緒に帰りたくなかったのだろうか？　いや、違うはずだ。

「すまないが、そうしてもらえると助かる。それで、代わりの護衛なのだが……」

「それなら、大丈夫。私、一人でちゃんと帰れるよ！」

「む……。だが、もしものことがあると……」

「心配ないって！　こう見えて、私ってものすごく強いんだから！　昨日だって、相手の作戦をバッチリ読んで、沢山の猛者をやっつけて──」

「君は、何の話をしているんだ？」

「あっ！　な、なんでもない！　……えっと、そんなに心配だったらお友達と一緒に帰るよ！　これで、少しは安全になるでしょ？」

「友達？　リンのことか？」

むしろ、それは危険性が高まるので何としてでも避けてもらいたい。

「ううん、別のお友達。すっごく可愛くて、頼りになるんだ！」

「……分かった。それならば、最低限の安全は確保できるな」

「ありがとっ！」

上機嫌な笑みを浮かべて、俺の隣を歩くエマ。

恋人同士というのは共に過ごせる時間が減ると、寂しいものでは……いや、俺達はあくまでも偽の恋人同士だったな。常に俺といては、息が詰まるのだろう。

だとしたら、時にはこういった息抜きも必要だ。必要なんだ……。

◇

「シノぉ〜！　聞いてくれよぉ〜、俺の悲しみを！」

教室へ到着するなり、元気良く嘆くコウが絡んできた。

果たして、本当に悲しんでいるのだろうか？

「分かった。ならば、その話が終わり次第、俺の話も聞いてもらおう」

「それ、等価交換になってるよな？」

訝し気な眼差し。相変わらず、表情の変化が激しい男だ。

「互いに話を聞くのだから、等価交換ではないか？」

「まぁ、そうなんだけど、心なしか嫌な予感が……」

「ならば、お互いに話さないでおくか？」

「いや、それはない！　俺は、この悲しみを誰かにぶつけたい！」

俺が自席へと腰を下ろすと、それに続いてコウも同じように腰を下ろした。

「して、どうした？」

「俺さ、ハマってるゲームがあるんだけど、昨日、俺史上最大の連敗をしたんだ……」

「諦めろ。お前にそのゲームは向いてない」

「結論が早いうえにひどい！　こういう時、普通は慰めるよな⁉」

「悔しさよりも先に悲しさがきているのであれば、それ以上の成長は見込めんからな」

「はいきた、言葉の暴力。やだねぇ〜、すぐに正論を言う奴(やつ)ってのは……」

「正論ならば、問題ないのでは？」

「ほんなら、今の俺の顔は正しい結果か？」

露骨に不機嫌な表情を浮かべて、コウが俺を見つめている。

俺の発言で、コウを不愉快にしたのであれば……

「間違えた結果なのかもしれんな」

「だろ？　それ、シノの悪い癖だからな」

「む？」

「頭で考えて正しいと思ってることを相手に押し付けるとこ。それ、気持ち的にはアウトなこと、めっちゃあるから」

「……む」

もしかして、俺はエマに対しても同様の行為をしていたのではないか？

彼女は非戦闘員だから、戦闘には巻き込まない。危険な任務(ミッション)には関わらせない。

そう考えて……

「その通り、かもしれないな……」

「おっ！　俺って頼りになっちゃった？　だったら、今度俺に――」

「朝っぱらから、男同士が何をイチャついてるわけぇ？」

そこで、会話に乱入者が一人。藤峰だ。

「うげっ！　ふ、藤峰……」

コウが、露骨に嫌悪感を示す表情を見せた。

「なにその顔？　うちが来たら、何か都合が悪いわけ？」

「いや、不都合ではない、けど……藤峰がちょっと俺が困る秘密を知ってたりしてて……」

「は？　うち、別にそこまでコウのこと知らんけど？」

「そ、そっか！　なら、いいんだ！　うん、それなら、特に何も――」

「知ってるのなんて、とっかえひっかえ年上の女の人とデートしてることくらいだねぇ!!」

教室中に響く声で、藤峰がそう言った。その情報なら、俺も知っているな。

別段、知られても問題のない情報だとは思うが、コウにとってはそうではないようだ。

「鬼！　悪魔！　人でなし！」

この通り、涙目で藤峰へクレームを申し立てているからな。

「むしろ、女神じゃん？　コウの余計な毒牙にかからないようにしてあげてるわけだし」

「俺の不幸と引き換えにな！　てか、何しに来たんだよ？」

「暇つぶしの雑談に、交ざりに来ただけ～」

そう言いながら、藤峰が俺に対して目で合図を送る。『スマートフォンを確認しろ』だと？

「シノ、この女を何とかしてくれ！　お前の幼馴染だろ！」

「自分で頑張れ。俺は、別でやることがある」

「味方がいねぇ……」

げんなりとしたコウの声を聞きながら、俺はスマートフォンを確認する。

すると、リンからメッセージが届いており……

『ごめん。シノから伝えるものだと思って、エマに任務のこと伝えてなかった』

ほんの一瞬、少し離れた座席に座るリンを確認すると、小さく頭を下げていた。

だが、それは俺のミスだ。リンが気にすることではない。

その思考とまったく同じメッセージをリンへと送ると、『ありがと……』と返事が来た。

「で、コウはなんのゲームをやってたん？」

「あ？　タクシャだよ、タクシャ。タクティクス・シャトラ」

光郷マオが開発した、あの大ヒットゲームか。

以前に俺も情報収集を兼ねてプレイをしたが、まるで勝てなかったな。

ああいった、戦略性の高いゲームというのは俺には向いていないようだ。

「あ〜、あのゲームね。そこでボロ負けしたんだ。……んぷぷ」

「言っとくけど、俺だってかなり強いんだからな！　ランクはトップのダイヤモンドだし！」

「でも、ボロ負けしたんでしょ？」

「相手が、メチャクチャ強かったんだよ！　こっちの作戦は完全に読んでくるし、攻め込める隙があると思って攻めたら、それが罠だったり……おのれ、エチタッグ！」

「ありゃ～、そりゃ残念だねぇ～」

ケタケタと、藤峰がどこか上機嫌な声でコウをからかっている。

そろそろ、俺の話も聞いてもらいたいのだが……ん？　またリンからメッセージだ。

『それと、今日のお昼休みに新しい任務を伝える。……屋上で』

昼休みに屋上で任務を伝える、だと？　待て、それはつまり……

『これならエマにも任務を伝えられるし、ご飯も食べられて一石二鳥でしょ？』

やはり、リンは屋上で俺達と共に昼食をとるつもりだ。

これは、いかんぞ。友人であるエマと過ごしたい気持ちは分かるが、危険すぎる。

何としてでも、阻止を――

『前に約束したしね』『前に約束したしね』

同じメッセージが二連続……。なんと恐ろしいプレッシャーだ……。

「あ、そういや、シノも何か話が……って、どうしたん？　やけに深刻な顔をしてるけど？」

「特別な女性二人と共に過ごすことになったのだが、どうすればごまかせる？」

「……裁かれとけ」

直後、コウは侮蔑の眼差しを、藤峰がどこか同情する眼差しを俺へ送る中、リンの様子を確認してみると、どこか幸せそうな微笑を浮かべていた。

◇

昼休み。普段であれば、エマと二人で食べる昼食に参加者が一人。リンだ。

できることならば、のぞき見に来ている生徒達を全て鎮圧し、屋上に最高品質の防弾ガラスを張り巡らせたいが、リンが訪れたことで俺が特別な行動に出ること自体が危険だ。

現状、最優先で行うべきことは、リンの正体に気づかれないこと。ここで、俺が普段と違う行動を取ること自体が、彼女の正体に辿り着かれる可能性へと繋がってしまう。

なので、俺はあくまでもいつもどおり。ただし、警戒心は最大に。

もちろん、これほどの超重要任務を俺一人でやるわけではない。今朝、リンと昼食をとることになった直後に連絡を入れて、父さんと母さんにも警護についてもらっている。

あとは、リンが妙なことをしなければ……

「よかったら、みんなで食べよ。沢山用意してきたからさ」

「わぁ～……。すごい料理！」

「……なんと豪勢なっ！」

四段重ねの弁当だと！　この女、何を考えている⁉

しかも、中には普段は食べる機会がないであろう高級食材が並んでいるではないか！

「これ、全部リンちゃんが？」

「さすがに、全部ではないかな。三段目と四段目はうちの料理長が手伝ってくれたの」

「でも、半分はリンちゃんの手作りなんでしょ？　なら、すごいよ！」

「ありがと。一人で食べきれる量じゃないから、遠慮せずに食べてね」

何を上機嫌に語っている⁉

今、君はどれほど危険な行動に出ているか、分かっているのか？

もしも、この重箱からリンの正体に辿り着かれてしまったら……

「シノも食べていいよ」

持参していたシートを屋上に敷き、中心部に俺とエマの用意した二つの弁当と、リンが用意した四つの弁当箱。うち、一段目と二段目のものが俺の正面に配置された。

ツナのサンドイッチ、豚の生姜焼き、ニンニク抜き餃子、鯛の炊き込みご飯。

ふむ……。三段目と四段目は様々な高級食材が入っていたが、こちらは普通だな。

しかも、偶然にも俺の好物ばかりではないか。

「分かった。では、お言葉に甘えていただかせてもらう」

できることならば、迅速にこの弁当を全て食して、重箱を包み隠したい。

かつて任務で、一〇分以内に五〇のハンバーガーを食した俺であれば、五分もあればこの重箱をすべて空にすることができるだろう。

しかし、それは不自然な行為になってしまう。ここは、普通に食べるしかないか……。

「どう？」

「美味しい！　特にサンドイッチ！　ふわふわのパンにツナマヨがギュッて染み込んでて」

「でしょ？　私の自信作なんだ。シノはどう？」

「美味いぞ」

「そ」

俺もエマと似たようなことを告げたのだが、淡白な反応をされた。

なぜ、そっぽを向く？

「何か不満か？」

「別に」

付き合いが長いからこそ分かる。リンは何かしらの感情を隠したいとき、『別に』と発言をし、俺へ表情を確認させないようにするのだ。つまり、彼女は何かを隠している。

もしや、俺の告げた感想が言葉足らずだったのだろうか？

だとしたら、俺なりに最大の賛辞を伝えようではないか。

「どれも美味いぞ。サンドイッチはエマの言ったとおりだが、この餃子はどこか身近さを感じられる絶妙な味付けをされていて、炊き込みご飯は出汁が米によく染み込んでいる」

「へ、へぇ……。なら、よかった。うん、よかった……」

ふっ……。どうやら、正解を引き当てたようだ。

リンとは幼い頃からの付き合いだからな。

彼女の喜怒哀楽を見抜く力にかんしては、それなりに自信がある。

「ちなみに、生姜焼きは？」

「もちろん、美味い。今まで食べてきた生姜焼きの中で……」

「…………」

「母さんの生姜焼きの次に美味い」

「あっそ」

ふっ……。どうやら、不正解を引き当てたようだ。

リンとは幼い頃からの付き合いだからな。

彼女の喜怒哀楽を見抜く力にかんしては、それなりに自信がある。……なぜだ？

「シノ、それはダメだよ……」

…………

……

その後、やや不機嫌になったリンではあったが、エマとの会話が楽しかったからか、徐々に機嫌も回復。食事を終えたタイミングで、淡々とした表情を俺達へ向けながら……

「あ、そうだ。お願いがあるんだけど……」

静かに、そう告げた。

リンの言う『お願い』とは、『任務（ミッション）』のことだ。

校内では、誰が俺達の会話を聞いているか分からない。

だからこそ、あくまでも自然な会話の中に任務（ミッション）の内容を含める。彼女がよくやる手段だ。

「タクティクス・シャトラってゲーム知ってる？」

「知ってるよ、リンちゃん！　戦略性の高いゲームだよね！」

「そ、そっか……」

エマがかなり食い気味に反応したことで、僅かにリンが困惑している。

「それでね、実はタクティクス・シャトラの大会が二週間後の日曜日に開かれるみたいでさ。

……よかったら、一緒に観（み）に行かない？」

「構わないが、ただ観（み）るだけか？」

「そうだね。機会があったら、開発者さんと話してみたりしたいけど」

なるほどな。罠（わな）の可能性を考慮しつつも、光郷（こうごう）マオの護衛にあたるということか。

「開発者さんとお話！　あ～、あのさ、リンちゃん……」

「どうしたの、エマ？」

「えっと……、開発者さんとお話なんて、簡単にできるのかな？」

「運が良かったらって感じだよ。いきなり話しかけたら、警戒されて逃げられるかもだし」

そうだな。光郷マオは、確実に俺達を信用していない。

「もしかしたら、観客に内緒のイベントとかあるかもしれないし、面白そうじゃない？」

やはり、リンも罠を警戒しているようだな。

「リン、そういうイベントがあった場合、俺達はどうすればいい？」

「思いっきり楽しんじゃっていいよ。あと、呼ぶのが遅い。ふふ……」

最後に、よく分からないクレームを言いつつも、なぜか上機嫌な様子だ。

相変わらず、不思議な側面があるな。

「ただ、周りの人に迷惑はかけないでね。そんなことしたら、私達が睨まれちゃうし」

罠が仕掛けられていた場合、容赦なく処理をしていいが、一般の来場者や参加者には被害を及ぼすのはご法度。当たり前だが……少し厳しいな。

「で、でもさ、リンちゃん……。そういう内緒のイベントがあるかどうかって、先に分かったりしないのかな？」

「今のところ、何も聞いてないかな」

「じゃあ、開発者さんと仲良くなって教えてもらうとかは……」

「できたら理想だけど、難しいと思うよ。かなり気難しい人って噂だし」

もしも、光郷マオとコンタクトがとれれば、それはこちらとしてもありがたいが……。

「まぁ、仲良くなれたら最高だけどね」

リンの立場であれば、そうだろう。

なにせ、今のところヤスタカ様の養子の中に、リンの味方はほぼいないのだ。

唯一、こちら側についてくれているのは、元養子の七篠ユキのみ。

このままでは、彼女が跡を継いだとしても、トラブルは絶えないことになる。

だからこそ、味方にできる養子は全て味方にしたい。彼女はそう考えているはずだ。

「だよね！　みんな仲良しなのが、一番だもんね！」

「それに、タクティクス・シャトラっていうすごいゲームを開発した人だしさ。私、頑張ってる人って応援したくなるんだ」

地面を指で叩きながら、エマに対して返事をする。同時に、俺へと目配り。

なので、俺は静かに頷いた。

「で、どうかな？　一緒に行かない？」

「もちろん、付き合わせてもらう。折角行くのだから、精一杯楽しみたいな」

「私も！　ゲーム大会って行ったことがないから、すっごく楽しみ！」

「ありがと。シノもエマも、お願いね」

「ああ」「え⁉」

「どうしたの、エマ？」

「その……、私も？」

「もちろんだよ。これは、二人にしてるお願いだもん。だから、エマも頼りにしてるよ」

「〜〜〜っ!!」

間違っていない。リンの言っていることは、何一つ間違っていない。

だが、俺では生み出せないエマの笑顔を、こうも容易く……

「よぉ〜し！　頑張らないと！　絶対に、開発者さんと仲良くなってみせるんだから！」

「その意気だよ。……って、どうしたのシノ？」

「リン、君はテクニシャンだな……」

「意味分かんないんだけど？」

「エマさん、お疲れ様！」

「チヨちゃん！　わっ！　その制服、可愛(かわい)いね！」

「そう？　へへっ。ありがとっ！」

放課後、私――鳳(おおとり)エマは直正高校(ちょくせいこうこう)をあとにすると、大急ぎで電車に乗って、ポートシティ岩堀(いわほり)プラザのある駅に移動。そこでチヨちゃんと合流した。

「えっと、シノ兄は？」

チヨちゃんが、周りをキョロキョロ確認しながら、私にそう聞いた。

「今日は、お友達と一緒にラーメンを食べに行くんだって。だから、私一人だよ」

「わっ。それは、ナイスタイミングだったね！　じゃあ、誰かに見つかる前に……」

「うん。時間もないし、急がないとだね！」

リンちゃんから、任務(ミッション)のことをお願いされたんだもん！

だから、今度こそ絶対に……絶対にちゃんと役に立つところを見せないと！

チヨちゃんと一緒に、マオさんが敵か味方か調べてみせるんだから！

………

……


「完全個室が空いてるなんて、ラッキーだったね！　しかも、サービスでポテトまでつけてくれるなんて……。さすが、エマさん！」

「別に私は何にもしてないよ。ただ、あの店員さんが……」

昨日来たネットカフェに行くと、仕切りで区切られたお部屋じゃなくて、完全に密室になってる完全個室が空いてたから、私とチヨちゃんはそっちの席を借りることにした。

本当なら少し料金が高くなるんだけど、店員のお兄さんが「特別サービスで、通常料金でいい」って言ってくれたおかげで、ちょっとだけお財布に優しく。

おまけで、ポテトまでつけてくれたから、チヨちゃんはすごく上機嫌だ。

「エマさんは、謙遜しすぎだって。私だけだったら、きっとポテトはつかなかったよ！　エマさんがいたからポテト付き！　よっ！　ポテトプリンセス！」

「あ、うん……」

褒めてくれるのは嬉しいんだけど、ポテトプリンセスはちょっと複雑だ……。

「ただ、すぐに信用しちゃダメだよ？　ものすごく悪い人の可能性もあるからね」

「えっ！　そ、そうなの？」

「私達の世界だと、最初から笑顔で近づいてくる人のほうが怪しいからね。むしろ、露骨に敵対心を見せてきた相手のほうが信頼できることって、よくあるんだぁ」

「勉強になります！」

そっか……。優しい人のほうが信じられるって思っちゃダメなんだ。

でも、そうかもしれないな。私も、誰かに嫌われるのがいやで、最初はちょっと無理してでも良い態度をとっちゃうもん。

「ま、あの人は一般人だと思うからそこまで警戒しなくても良いと思うけど……とりあえず、ポテトが来るまでに作戦会議をしちゃお」

「分かった！」

作戦会議……それが、任務（ミッション）のためだと思うと、気持ちが高ぶった。

今、私は諜報員（エージェント）としての任務（ミッション）をやってる。本当に、やってるんだ！

「昨日の調子なら、今日も私達はランクを上げられると思うの。だけど、時間がない」

「今のペースなら、間に合うんじゃないかな？　昨日だけで一〇〇〇位から五三二位まで上げられたし、もしもうまくいけば今日中にもマオさんと……」

「ん～……。今日は、いけても一〇〇位くらいだと思うよ」

「どうして？　勝ち続けることが条件だけど、それができれば……」

「勝ち続けたとしても、そこが限界」

チヨちゃんが、はっきりとそう言った。

「昨日までは、私達がダイヤモンドランクでも低い順位だったから、上の順位の人達と戦えてポイントを一気に稼げた。一〇〇位くらいまではそれで通用すると思う。けど、そこから先は難しいの。……時間帯の都合でね」

「時間帯の都合？」

「ポイントを沢山集めるためには、上位の人と戦わなくちゃいけない。けど、上位の人達がそもそもログインしてなかったら戦えないじゃん？　タクシャのプレイ人口が一番多い時間帯って、夜の八時から深夜二時くらいなんだ」

「うっ！　その時間だと……」

「うん。私達は、家に帰らないといけない」

そういうことか……。たとえ、全部の試合で勝てたとしても、対戦相手が上位の人じゃないとポイントを沢山稼げない。

順位が上がる程、下位の人と戦う機会も増えて、ポイントを稼ぐ効率が落ちるんだ。

「じゃあ、どうするの？　今日中に一〇〇位くらいまで上げて、そこからちょっとずつ上げて、二週間後に間に合わせる感じ？」

「ん～。それもアウト。本番が二週間後だとしても、できる限り早くマオ様とコンタクトは取ったほうがいい。もしも暗殺計画が実行されるとして、それを伝えられたとしても、大会は絶対中止にしないし、マオ様はゲーム大会に参加するだろうからさ……」

「えっ！　どうして!?」

自分が殺されちゃうかもしれないなら、そんな大会は開かないほうがいいじゃん！

「光郷グループにだって面子があるもん。しかも、相手がライバル企業の暗道グループなら、なおさら。ここで中止にして逃げるようなこと、光郷グループは絶対にしない。むしろ、正面から叩き潰そうとする」

「命がかかってるんだよ？」

「人によっては、命よりも大事な物ってあるからさ」

私には、よく分からない世界だ。けど、チヨちゃんがそう言うなら、本当なんだろう。

「ただ、今日のところはやることは変わらないよ。昨日と同じで……あっ！　はぁい！」

そこで、ドアの向こうからノックの音が響いた。店員さんがポテトを持ってきてくれたんだ。

「お待たせぇ～。ポテトだよ！」

「はい！　ありがとうございます！　……ほら、エマさんも！」

「あ……。ありがとうございます……」

受付の時は敬語だったはずなんだけど、なんでこんな砕けたしゃべり方に……。

「気にしないでよ。あ、なんかあったらすぐ言ってね！　なんでもしてあげちゃうから！」

「はーい！」

「ど、どうも……」

「じゃね！」

小さく手をあげると、店員のお兄さんはすごく上機嫌な笑みを浮かべてドアを閉めた。

最後に小さく、「あとで連絡先を……」とか聞こえたような……。

「じゃあ、早速始めよっ！　ゲームのほうはお願い！　私は私で動いてみるから！」

チヨちゃんは、鞄からノートパソコンを取り出すと、ゲーム画面じゃなくてパソコンのほうにあっという間に集中していった。

よ～し！　私も頑張らないと！

…………

……

それから、一時間。店員さんが持ってきたポテトを二人でつまみながら、私はタクティクス・シャトラを、チヨちゃんはノートパソコンで何か別の作業をお互いに続けていった。

その間に、会話はない。だけど、着実に順位は上がっていて……

「あ……」

「どうしたの、エマさん？」

「飲み物なくなっちゃったから、とってくる。チヨちゃんは、何がいい？」

「メロンソーダ！」

「分かった。ちょっと待っててね」

空になったコップを二つ持って、私は完全個室の外に出た。

えっと、ドリンクバーはあっちに……あっ。さっきの店員さんだ。

今は、清掃をしてるみたい。何となくその姿を見つめていたら、目が合った。

「ひっ！　い、いかがお過ごしでしょうか？」

「え？　そ、その楽しい、ですかね？」

「そうですか！　でしたら、よかったです！　もしも、不快な点がありましたら、是非とも私に言って下さい！　必ずや、必ずや鳳様に快適な環境を提供しますので！」

「はぁ……。ありがとうございます……」

なんか、ここまで畏まられると逆にちょっと怖いな……。

早く飲み物をとって、お部屋に戻らないと。

…………

……

「あ、チヨちゃん。そろそろ……」

「だね。今日はこのくらいにしておこっか。順位はどのくらいになった？」

午後六時。そろそろ帰らないと、ユキちゃんが心配する時間だ。

だから、今日の任務はここまでなんだけど……

「二〇〇位くらい。ごめんね……。あんまり上げられないで……」

チヨちゃんの言う通りの展開になった。

順位が上がってきたことで、だんだん高い順位の人とマッチングもしなくなっちゃったし、相手もすごく強くなって、対戦自体に時間もかかる。

おかげで、負けることはなくても効率がすごく下がっちゃった……。

「充分、充分！　むしろ、全勝してるんだからありがたいよ！」

「ありがと……。それで、チヨちゃんのほうは？」

「ん～。こっちも収穫なし。色々と試してみたんだけど、反応は……」

その時、チヨちゃんの言葉が止まった。そして、その視線はゲーム画面を見つめている。

何かあったのかと思って、私もゲーム画面を確認してみると、

「あれ？　メッセージ？」

誰かが、私達のキャラクター……エチタッグへメッセージを送ってきていた。

「エマさん、確認！　早く確認して！」

「え？　どうしたの、そんなに慌てて」

「私のやつが、ハマったかもしれない！　これ！　これをやってたの！」

チヨちゃんが見せてきたのは、今まで操作していたノートパソコンだ。

そこには、私が今までプレイしていたゲームのショート動画が映っていて……。

「エマさんのプレイの中でも、私がすごいって思ったものを片っ端から短くまとめて、ＳＮＳにあげてたの！　きっと、それでエマさんに興味を持った人からのメッセージだよ！」

「う、うん……。分かった。じゃあ、確認してみるね」

興奮するチヨちゃんに困惑しながら、私はメッセージボタンを押す。

するとそこには差出人の名前が書かれていて……


『差出人：デビルキング　私と対戦しませんか？』


「ビンゴ!!」

「チヨちゃん！　これって……っ！」

「うん、そうだよ！　この人！　この人だよ！　この人が……」

「光郷（こうごう）マオ様だよ！」

「ただいまぁ～……うわっ！」

「「チヨ、何をしていた？」」「チヨちゃん、何をしていたの？」

午後八時。久溜間道家にて、怒気のこもった三つの声が響いた。

俺、父さん、母さんのものだ。

「え、えっと……。ちょっと学校のほうで予定があって……」

「最終下校時刻は一八時だったはずだ。そこから帰宅するのに、二時間もかかるまい」

父さんが鋭く指摘をする。片手にカップラーメンを持ちながら。

「その……。友達と一緒にご飯を食べに……」

「だとしたら、どうして事前に連絡しなかったのかしら？　貴女の分のご飯も作って待っていたのよ？」

「あ、あれぇ？　してなかったかな？　あ、そうだ！　スマホの充電が切れて……」

「携帯充電器は所持していたはずだ。それに、通信機も持っていたと思うが？」

「うっ！」

中学生の妹が、何一つ連絡を入れずに午後八時に帰宅をしたらこうなるのは当然だ。

　まったく、こんな時間まで帰ってこないとは……。

「ご、ごめんなさい……」

「謝れと言っているのではない。何をしていたと聞いているのだ」

　父さんが容赦なく、追及を続けた。

「その、友達と遊んでたの……」

「こんな時間になるまで？」

　続いて、母さんだ。穏やかな表情を浮かべているが、目は笑っていない。

「しょ、しょうがなかったんだって！　本当はもっと早く帰ろうと思ってたんだけど、予想外の人が現われて……いや、狙ってはいたんだけど、まさかあんな時間とは……」

「お前は何を言っている？」

「えっと……、えと……」

　視線をキョロキョロさせ、俺に向けたところで停止。

　チヨの癖だ。こうして、父さんや母さんに叱られると、チヨは決まって俺を頼る。

「ひとまず、トラブルは何も起きていないのだな？」

「う、うん！　それはもちろん！　ちゃんとお家まで送り届けたし！」

「送り届けた？」

「と、友達をね！　ほら、こんな夜だと何が起きるか分からないし！」

なるほど。自分の身よりも友人を優先したのか。

「なら、それで帰りが遅くなったと？」

「う、うん……。けど、遊んでたからってのが一番おっきいから……ごめんなさい」

しょんぼりと、チヨが顔を俯かせた。

こういう時、兄としては何を伝えるのが正しいのだろうな？

本人は充分に反省をしている。加えて、父さんや母さんが叱りつけている。

だとすれば、俺は……

「分かった……。父さん、母さん、ここは俺に免じて許してやってくれないか？　チヨも充分に反省をしているみたいだしな」

「反省は伝わっている。だが、何をしていたかの詳細は……」

「チヨにだって、言いたくないことはあるさ。そうだろう、チヨ？」

「うん……」

気づくとチヨは俺のそばに寄って、小さく服の裾をつまんでいた。

「はぁ……。仕方ないわね。今日はこのくらいで許してあげる。貴方もいいかしら？」

「危険がなかったのであれば、問題ない。しかし、次は許さん。帰りが遅れるのであれば、事前に必ず連絡をいれろ」

「はい……」

「チヨちゃん、それで本当にご飯は食べてきたの？　もし、食べてないなら……」

「あっ！　食べてない！　えと、私もママのご飯食べたい！」

「なら、手洗いうがいをすませて、着替えてらっしゃい。私達もお腹ペコペコなんだから」

「うん！」

「イズナ、俺も可能であれば……」

「そのカップラーメン、動画配信者さんとのコラボで作られた限定販売のやつなの。きんぐみそ……中々手に入らなくて大変だったから、じっくり味わってね」

「……はい」

どうやら、父さんへの怒りはまだ解けていないようだ。

何となく、母さんから発せられる空気が恐ろしかったので、急ぎ足でリビングに戻ろうとすると、チヨが俺の隣へとやってきて、

「ありがと、シノ兄」

小さく礼を告げた。

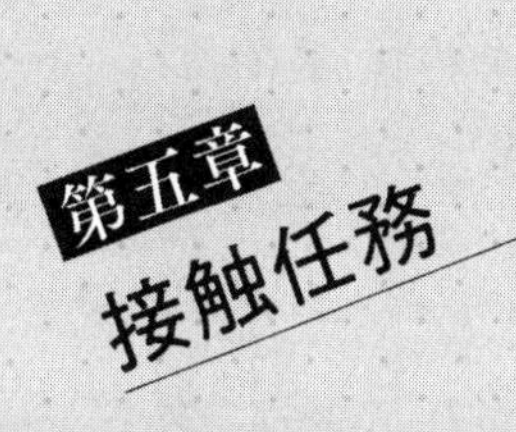

# 第五章
# 接触任務

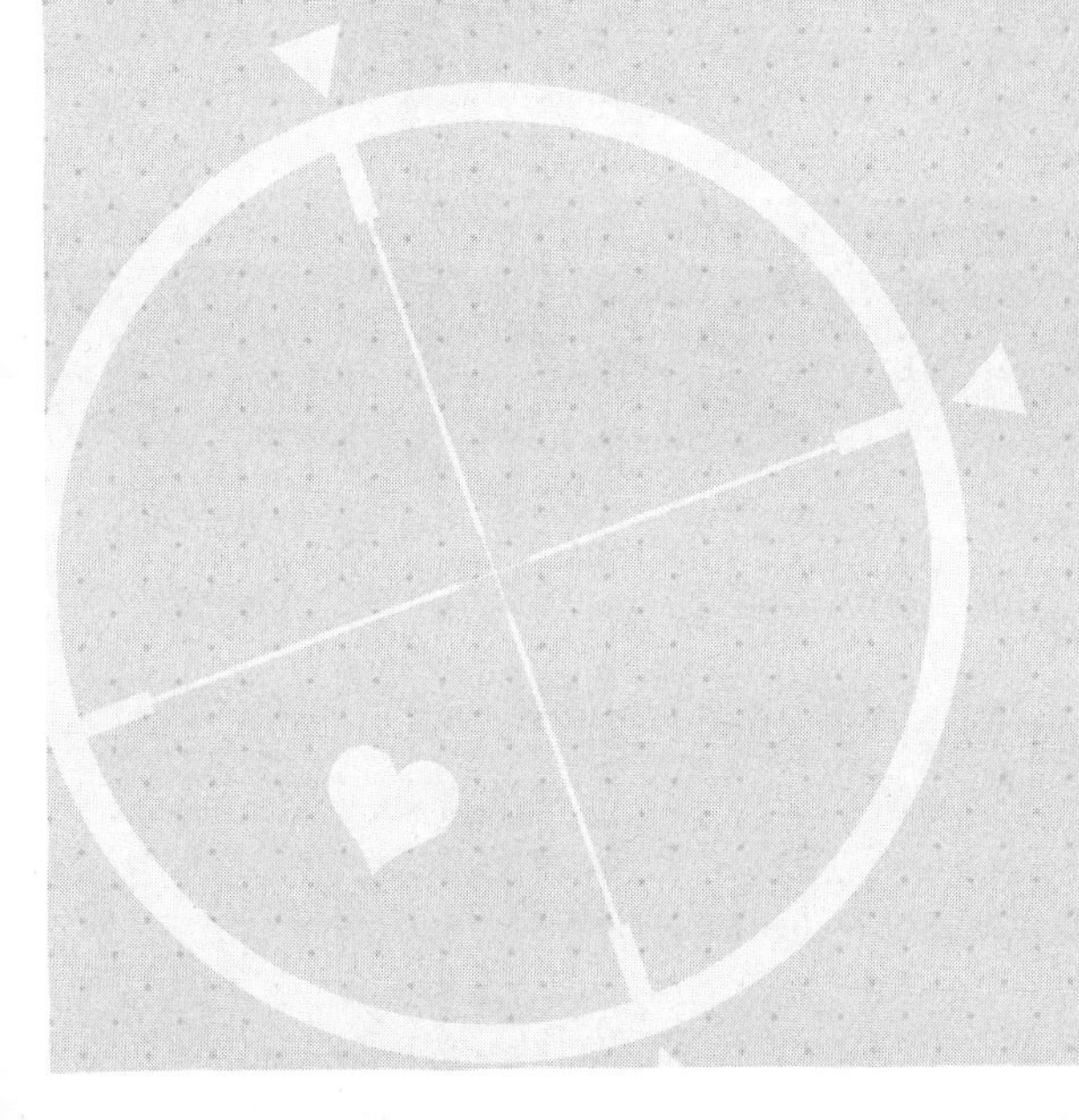

水曜日の朝。

エマの住むマンションの前で彼女と合流し、共に直正高校へ向かう。

ここまでは、いつも通りのことなのだが……

「こっちから攻撃を仕掛けてもいいんだけど、少しでも隙を見せただけで攻め込まれちゃう。かといって、防御に回るとジリ貧になって押し切られる。昨日は負け越しちゃったし、今日は絶対に勝ちたい……。そのためには……」

昨日から、エマの様子がおかしい……。

関係性が悪化したわけではないと思うのだが、共に過ごしていても、このように一人の世界へ入ってしまうことが非常に多い。

周囲にも目がいかない程集中しているようで、複数回電柱に衝突しかけた。

「あ～、その……エマ?」

「あとは……ふぇ！　どうしたの、シノ?」

「いや、随分と何かに熱中しているようだな……」

「あははは！　そんなことないって！　私はいつも通りだよ！」

そんなわけがないだろう。

あまりの変貌ぶりに、思わず七篠ユキに連絡を取って確認したくらいだ。

すると、家でも同様のようで……

『エマって、何かに熱中するとこうなるのよ。イギリスにいた頃も、チェスの大会前はいつもあんな感じだったわ。……だから、その隙を狙っていかがわしいことをしたら玉砕よ？』

と、貴重な情報と共に、下半身への恐怖を植え付けられた。

「あ、そうだ、シノ。ちょっと聞きたいことがあるんだけど……」

「どうした？」

小さな声での会話だからか、エマが僅かに俺の顔へと自らの顔を近づける。

それにより、清涼感のある香りが漂ってきた。

「マオさんの情報って手に入った？　なにか任務の役に立つような……」

「今のところ、有力な情報は得られていない。ひとまず、現時点ではリンの指示通りにゲーム大会を訪れるつもりではあるが、罠の可能性も考慮して行動するつもりだ」

「そうなんだ……。けど、どっちも警戒するのって大変だよね？」

どっちも……マオ様が敵であるケースと、味方であるケースの両方という意味だろう。

「ああ。加えて厄介なのは、マオ様に近づけないことだな。もし暗殺計画が事実だった場合、阻止できる可能性は極めて低い」

「え！　シノ達でも？」

「ああ……」

俺達久溜間道家は、一流の諜報員である自負がある。だが、決して万能ではないのだ。

人数に限りがある以上、やれることは限られてくる。

そんな状況下で護衛対象に近づけないとなると、そこから彼女を守るのは至難の業だ。

「なるほど……。じゃあ、せめてマオさんに近づくことができれば……」

「何かいい策でもあるのか？」

「へ？　えっと……特に何もないよ！　ほら、私は全然役に立たないお飾りの存在だし！　別に、自分がマオさんと仲良くなって、近づけるようにしたいなんて考えてないから！」

相変わらず、エマは隠し事が苦手なようだ。

どうやら、エマはマオ様と交友関係を結ぶ方法を模索しているらしい。

だが、たとえそれが実現できたとしても……

「あと、当日は任せてね！　ちゃんとシノの迷惑にならないようにするから！」

「む……。その件なのだがな……」

「どうしたの？」

今の会話の流れで、これを伝えるのは非常に心苦しい。

だが、七篠ユキにも頼まれている反面、伝えないわけには……。

「ゲーム大会当日だが、君にはチヨと共に別の場所で待機してもらいたいんだ」

「えぇぇぇぇぇぇぇ!!　どうして!?」

やはり、こうなってしまったか……。

「今回の任務は、情報が真実であれ偽りであれ、戦闘が起こる可能性が極めて高い。そうなると、現場に君がいるというのは非常に危険なんだ」

「でも、それはシノも同じじゃん！　私も……っ！」

そこで、エマの言葉が止まった。

「…………」

「エマ？」

「分かった！　そういうことなら、仕方ないね！　じゃあ、チヨちゃんと一緒にいるね！」

「いいのか？」

「うん。ユキちゃんにも危ないことを極力しちゃダメって言われてるし、私がいると、シノが私も守らなくちゃいけなくなって大変だもんね」

その通りではあるのだが……。

「頑張ってね、シノ！　私も頑張るから！　一緒に任務を成功させようね！」

「ああ。約束する……」

「エマさん、お疲れ様！」

「お疲れ様、チヨちゃん！」

放課後、私――鳳エマは学校が終わると同時に、チヨちゃんと合流した。

最初は新鮮だったチヨちゃんの制服姿も、三日目にもなると慣れてくる。

もちろん、可愛いことには変わらないんだけどね。

「じゃあ、早く行こっ！　あんまり待たせちゃうと、怒っちゃうかもしれないし！」

「うん！　そうだね！」

いつも放課後は、絶対にシノがお家まで送ってくれてたんだけど、今週にかんしては一度もなし。……シノに別の任務が入ったからだ。

リンちゃんから『マオさんの情報を可能な限り手に入れろ』って言われたんだって。

それで、放課後はイズナさんとダンさんと一緒に、色々調査をしてるみたい。

私にとって都合のいい話ではあるんだけど、自分よりも任務を優先されちゃったことに、少しだけ複雑な気持ちも持ってたりする。

いいんだけどね……。いいんだけどね！

◇

「ん〜！　やってきました、エマチヨ拠点！」

「チヨちゃん、声がおっきいよ。あんまりうるさくしちゃうと……」

「大丈夫だよぉ〜。ここ、完全個室だし防音もしっかりしてるから、何も聞こえないって！」

月曜日に初めて使わせてもらった完全個室は、チヨちゃんがお店の人と交渉をして、二週間の間は私達が自由に使わせてもらえることになった。

使わない時間も含めて、二週間分の料金を先に支払ったんだって。

かなりお金がかかっちゃうから心配だったんだけど……

『大丈夫！　課報員（エージェント）になってから、一切手を付けてなかったお給料があるから！　今、使わないでいつ使うんだって話だよ！』

いったい、どのくらいの貯金をチヨちゃんが持ってるかは分からないけど、ビックリした。

そうだよね……。チヨちゃんはまだ中学生だけど、立派な課報員（エージェント）なんだ。

私も足を引っ張らないように、頑張らないと！

「じゃあ、早速始めるね？」

「うん。もう来てるかな？」

「どうだろ……。あっ！　来てるみたい！」

パソコンでタクティクス・シャトラを起動すると、すぐさまメッセージが一通。

『エチ、早くやろ』

エチ……私達のキャラクター名であるエチタッグの略称だ。

送り主は、デビルキング……光郷マオさん。

月曜日に、チヨちゃんが色々なところに出した動画のおかげで、興味を持ってもらえた私達はマオさんと直接対戦をすることになった。

マオさんは、今までの対戦相手とは比べ物にならないくらい強くて、ものすごく苦戦したけど、初めての対戦では何とか私が勝つことができた。

おかげで、もっと強く興味を持ってもらえたんだけど、熱くなったマオさんに付き合うことになって、そこから更に二試合連続で対戦。初日は、二勝一敗で勝ち越せた。

そこで、さすがに時間が遅くなっちゃったから、これ以上の対戦はできないって伝えたら、次の日に対戦しようと約束することに。

昨日は、ネットカフェに来てからずっとマオさんと対戦して、三勝四敗。

合計で、五勝五敗の状況だ。

「えっと、私もメッセージを送らないと……今日もよろしくおね――」

「はい。送っておいたよ！」

「はやっ！　チヨちゃん、私がちゃんと……」

「マオ様とコンタクトが取れてから、やることないしさ。このくらいは、やらせてよ！」

まだパソコンの操作が不慣れな私と比べると、チヨちゃんは本当にすごい。

もしかしたら、喋（しゃべ）るよりも早く文字を打ってるんじゃないかな？

『部屋作っといた。パスは、ＹＡＳＵ04』

ＹＡＳＵ04……ヤスタカさんの四女って、意味なんだろうな。

聞いた話だと、マオさんはヤスタカさんが大好きだったって話だし……。

そんなことをぼんやりと考えながら、私はマオさんの作った部屋に入室する。

すると、あっという間に対戦がはじまった。

『よろしく。今日も私が勝ち越すから』

「私だって、負けません！」

私の言葉をチヨちゃんが送ると同時に、私達の勝負が始まった。

…………

……

『勝利。王を討った』

「やった！　作戦大成功！」

第一試合、私が考えてきた作戦がバッチリはまって、勝つことができた。

ふふふ……。今日のために、色々お勉強したのが功を奏したね！

マオさんは、こっちが作戦を読めたとしても勝つのがものすごく難しい、真っ向勝負の手を打ってくる。だけど、それで思考を縛られちゃいけない。本当にマオさんが強い時は、最後の最後……ギリギリまで真っ向勝負に見せかけて、搦め手を使ってくる時だから。

だから、勝つためにスピードが大切になる。

マオさんが本命の作戦を使うよりも先に、自分の手を読ませずに勝ち切る。

これが、私の出した結論だ。

『やるね。対応しきれなかったよ』

『デビルさんもすごいですよ。本当ならもっと早く決着をつけようとしましたから』

『これでも、プレイ歴は誰よりも長いからね。簡単にやられちゃ一位の立場がないよ。でも、本当に驚いたよ。まさか、イージスをあんな風に使うなんて』

イージス。タクティクス・シャトラの中で、一番攻撃力の高い兵士の名前だ。

まるで、チェスのクイーンみたいに、自由に盤面を動ける機動力。加えて、攻撃力も高くて、イージスに攻撃された大抵の兵士は一撃でやっつけられる。

ただ、その反面、特殊鹵獲兵のパレットの精神攻撃を受けると一発でやられちゃうから、あまり動き過ぎると、相手に奪われちゃう危うさもある。

イージスとパレットのモデルって、もしかして……なんて考えてたら、チヨちゃんが『あのトラウマが今でも根付いてるのかもな……』なんて、ボソッと言っていた。

『イージスは試合の要ですけど、目立たせないほうが強いかなって思って』

『なるほどね、私も参考にする』

ネットで知らない人と対戦する時は、試合が終わるとすぐに次の試合の準備をしてたけど、こうしたプライベートルームでの対戦だと、試合の後に感想戦がある。

『デビルさんは、ドラゴンの使い方がすごく上手ですよね。私はあんまり上手に使えないから、すごく参考になります！』

ドラゴン。名前だけはものすごく強そうなんだけど、タクティクス・シャトラの中で最弱って言われている兵士だ。行動は二ターンに一度、移動は前に一マス進めるだけ。

しかも、攻撃力も低いからドラゴンから仕掛けたとしてもすぐに死んじゃうし、鹵獲兵でやっつけても、こっちの兵士として使えない。

そんなかなり厳しい性能のドラゴンだけど、一つだけすごい点があって、試合が始まってから四〇手が経過しても場に生存している場合、相手のどんな兵士でも、同時に五体やっつけることができるの。四〇手も経過しているとお互いに兵士も減ってるし、そこで五体もやられちゃったら、もう負けはほぼ確定。そんな能力を持っているからこそ、ドラゴンは相手に狙われがちになって、すぐに死んじゃうんだけどね……。

『病弱な奴は、病弱な奴なりに役に立つって感じかな』

『あ、そういう設定なんですね……』

『ドラゴンは病弱で弱っちい。だけど、それを差し引いても頼れる力がある。なら、しっかり助けて、その力は有効活用しないとね』

私は、ドラゴンを囮に使うことが多いけど、デビ……ううん、マオさんは絶対にその手は使わない。なんとしてでも、ドラゴンの能力を有効活用しようと、色々な手を打ってくる。

『だから、私はドラゴンを最優先で助けることにしてるんだ。既定の時間までドラゴンが生きてれば、それだけでこっちの勝ちが決まるからね』

もしかしたら、ドラゴンにも誰かモデルになった人がいるのかな？

だとしたら、きっとその人はマオさんにとって、すごく大切な人なんだろうなぁ。

『だから、エチも気が向いたら、ドラゴンを助けてあげてね』

『はい！』

こんな風に、自分の趣味について話せる人は、今まで一人もいなかったからすごく楽しい。

それに、どんどんマオさんと仲良くなれてる気がする。

だけど……

「ねぇ、チヨちゃん。ここからどうしよう？」

私は、率直に疑問をチヨちゃんへと伝えた。

第一目標である、マオさんと仲良くなることは上手くいってると思う。

だけど、問題はこの先だ。

「そだね……。どうにか、直接会えるように話をつけたいんだけど……」

私達の目的は、マオさんにゲームで勝つことじゃない。

あの暗殺計画が本当か嘘（うそ）か、マオさんが私達の敵か味方かを知ること。

そのためには、マオさんに直接会うのが一番早い。

だけど、いきなり会いたいなんて言ったら、怪しまれるかもだし……。

『てか、チャットだと手間がかかるし、ＶＣで話さない？』

ＶＣ？　ＶＣって、なんだろ？

「ボイスチャットだよ。文字じゃなくて、直接しゃべろうって意味」

「え？　でも、ここって……」

「そうだね。ネットカフェでＶＣはさすがに……」

『ごめんなさい。ネットカフェでプレイしてるんで、ＶＣは難しいです』

私達は、そうメッセージを送った。

『あ、そうなんだ。エチと直接話してみたかったんだけどな』

「「…………っ！」」

そのメッセージが表示されると同時に、私とチヨちゃんはお互い顔を見合わせた。

そして、再びパソコンの画面を向くと、すでにチヨちゃんがメッセージを打っていて、

『なら、直接会いませんか?』

一切の迷いもなく、そのメッセージをマオさんへと送っていた。

『オフで会うってこと?』

「オ、オフ?」

「直接会うって意味だよ。ネットの世界がオン、現実世界がオフって思ってて」

『はい! その通りです!』

私に説明をしながら、チヨちゃんがメッセージを送っていく。

「チヨちゃん。さすがに、早すぎるんじゃ……」

「断られても、対戦はしたがるだろうし問題ないって! こういうのはダメ元だよ!」

『ん~。どうしよっかな……。その、私って結構人見知りで……』

『私もですから、お互い様ですよ!』

『人見知りな子は、話して三日目で会いたいなんて言わなくない?』

「はうっ!」

メッセージじゃなくて言葉で、チヨちゃんが声を出した。

やっぱり、こうなっちゃうよね……。

私達はマオさんの正体を知ってるけど、マオさんは私達の正体を知らない。

知り合って三日で会うなんて——

『でも、そうだね……。色々と聞いてみたいこともあるし……、うん、会おうか』

嘘でしょ⁉　見間違いじゃないよね⁉　……わっ！　見間違いじゃない！

本当に、マオさんが『会おう』って言ってくれてる！

「チヨちゃん！」「エマさん！」

わぁぁぁぁ！　すごい！　まさか、こんなあっさり会ってくれるなんて！

これなら、あと少しで……

『ありがとうございます！　じゃあ、いつにしましょうか？』

『土曜日か日曜日がいいでしょ？　学校もないだろうしね』

え？　どうして？　どうして、マオさんは私達が学生ってことを……。

『その、なんで私が学生だって……』

『インする時間が夕方だけ。ネットカフェで、午後六時までしかプレイできない。その情報があれば、このくらいの特定は簡単かな』

たったそれだけの情報で、私達のことを見抜くなんて……。

『私って、色々警戒しないといけない立場でさ。でも、学生ならその心配も少ないだろうし問題ないかなって。ただ、会う場所は私の住んでる場所にしてほしい。そこだったら、何か起きたとしても、対処がしっかりとできるからね』

全身を、寒気が襲う。

今まで私にとって、マオさんは一緒にゲームをして遊ぶ普通のお友達だった。

だけど、今は少しだけ違う。お友達ではある。けど、敵になるかもしれない人なんだ。

「分かってたけど、まだ完全に信用されたわけじゃないみたいだね」

「だよね……。あっ！　チヨちゃん、お返事を……」

「っと、そうだった！」

『分かりました！』

この人は、やっぱりヤスタカさんの養子の人なんだ。

ユキちゃんと同じように、あの厳しいテストに合格した……。

『じゃあ、連絡先を交換しよっか』

『はい！』

何とか、マオさんと会えることにはなった。だけど、まだ油断はできない。

これだけ鋭いマオさんなら……

「エマさん、マオ様には私一人で会いに行くよ」

「え！　どうして!?」

「ここから先は、危険が伴う。もしかしたら、殺される可能性だってある。だから――」

「私も行くよ！」

「けど……」

「私がいないと、タクシャの話になった時に困るでしょ?」

「うっ！　それは………分かった。けど、絶対に油断しないでね。それと、もしもの時は私を見捨ててでも逃げて。これが、一緒に行く条件だよ」

「ええっ！　チヨちゃんを見捨てるなんて……」

「二人で死ぬのが最悪の結末でしょ?　だから、何かあったら、どちらかでも生き残る手段をとる。言っておくけど、状況によっては私がエマさんを見捨てるから」

そんな……。だけど、チヨちゃんの言ってることに間違いはなくて……

「どうする?　やっぱり、やめておく?」

怖い。ものすごく怖い。それに、ユキちゃんには危ないことをしちゃダメって言われてるし、もしも自分に何かあったらミライが悲しむことになる。

「………」

それは、分かってる。だけど、その気持ちと同じくらい……ううん、それ以上に……

「行く……。私、絶対にシノの力になりたいから……」

「分かった。なら、一緒に行こっ。もちろん、二人で生き残れる作戦でね」

「……うん」

チヨちゃんの言葉に、私は強く頷(うなず)いた。

◇

——日曜日。

「ねぇ、チヨちゃん。私、変じゃないよね？　大丈夫だよね？　日本人の女子高生って感じ！」

「うん、バッチリだよ！　どこからどう見ても、日本人の女子高生って感じ！」

今日の私は、普段とは全く違う格好をしていた。

頭には黒のポニーテールのかつらをかぶって、目には黒のカラーコンタクト。肌の色も、チヨちゃんが用意してくれた特殊なファンデーションを使って、日本人に近い色に。

今の私の姿を見て、私が鳳エマだと分かる人はほとんどいないだろう……多分。

ここまでしたのは、今日、私達が光郷家の四女……光郷マオさんに会うからだ。

私は、（本当は影武者だけど）光郷家の後継者の恋人っていう立場の人間だ。

チヨちゃんから聞いた話だと、今まで私の情報を探ろうとした悪い人達は、シノとダンさんがやっつけてくれていたらしいけど、油断は禁物。名前はほぼ確実に知られているだろうし、姿も変化させておくに越したことはないってことで、自分の姿を変化させている。

「ねぇ、エマさん。私はどうかな？」

もちろん、私だけじゃなくてチヨちゃんもだ。

私ほど思いっきり変えているわけじゃないけど、黒のストレートヘアーのかつらをかぶって、普段より二回りほど胸を大きくしている。

「うん、変じゃないと思うけど、そんなにおっぱいを大きくしなくても――」

「エマさん、私は未来の先取りをしてるだけだから」

「……はい」

ともあれ、私達は姿を変えたうえで、今日はお互いに偽名を使うことにした。

チヨちゃんは、『阿野チヨ』。私は、『雪野ミライ』。

私の偽名は、ユキちゃんとミライから借りたんだけど、チヨちゃんはどうして『阿野』って苗字にしたのって聞いたら、『私が色々勉強させてもらってる人達から借りたんだ！』と教えてもらえた。とあることで有名な人達から、取ってきたんだって。

そこまで準備をして、マオさんのお家にやってきたんだけど……

「すっごいお家だね……」

目の前に広がっているのは、映画の中でしか見たことのないような豪華なお家。

こんなおっきなお家に住んでるなんて、やっぱりマオさんは会社の社長さんなんだなぁ。

「窓はいくつかあるけど、全部防弾か……。となると、侵入する場合は……」

「……ふふっ」

「どうしたの、エマさん。突然？」

「んーん。なんだか兄妹だなって思って」

「……？」

もしも、シノがここにいたら、チヨちゃんと同じことを言ってただろうなぁ。

なんだか、シノがそばにいてくれる気がして、少しだけホッとした。

「じゃあ、押すよ？」

「……あっ！　ちょっと待って」

そこで、インターホンのボタンを押そうとしたチヨちゃんの手を止めた。

「どうしたの？」

「あ、あのさ……。もし、マオさんから貴重な情報を手に入れられた時なんだけど……」

「うん」

「私が関わってたことは、シノに内緒にしてもらえないかな？」

「どうして？　エマさんは、シノ兄の力になりたいんでしょ？　だったら……」

「情報が手に入れば、それで充分だよ」

頑張って結果を出して、シノに褒めてほしい。そういう気持ちもある。

だけど、それ以上にシノにあんまり心配をかけたくない。

もしも、私が勝手にマオさんのことを調べてたって知られたら、シノは褒めてくれるかもしれないけど、同時にすごく心配しちゃう気がする。シノは優しいから……。

もう、これ以上シノの負担になりたくない。私は、シノの力になれればそれでいいんだ。

「ん～……。まぁ、エマさんにはエマさんの考えがあるってことだよね？」

「お願いできる？」

「いいよ！　じゃあ、エマさんのことはシノ兄に内緒にしておくね！」

「ありがとう、チヨちゃん……」

「ふふっ！　どういたしまして！　じゃあ、今度こそ……いい？」

「うん！」

ただでさえ、目の前にこんな豪邸が広がっていて緊張するのに、今からマオさんに会うと思うともっと緊張する。だけど、私達が有益な情報を得ることができれば、シノの力になれる。

今度こそ、ちゃんと助けることができる……。

『はい』

インターホンから、どこか冷たい声が響く。男の人の声だ。

「あ、あの……。今日、デビルキングさんと約束をしていた阿野（あの）と雪野（ゆきの）という者ですが……」

「……少々お待ちください」

インターホンが静かになってから三分後、豪邸からスーツ姿の男の人が現わ（あら）れた。

うわぁ……。すごいがっしりした体形の人だなぁ。

「ようこそ、いらっしゃいました。エチタッグ様ですね？」

外見は怖いけど、意外と優しい人なのか、私達に明るい笑顔を向けてくれた。

だけど、やっぱり緊張しちゃう。大丈夫だよね？　怪しまれてないよね？

「はい！　よろしくお願いします！」

「よろしくお願いしまぁ～す」

大丈夫。私なら、きっとできるはずだ……。

そう自分に言い聞かせながら、私はチヨちゃんと一緒にスーツ姿のお兄さんに案内されて、豪邸の中へと足を踏み入れた。


…………

……


そうして、私達が豪邸の中に入りリビングに向かうと、その人はいた。

「初めまして、エチタッグ。私がデビルキング。光郷(こうごう)マオだよ」

服装は、どこでも買えそうな上下のスウェット。ちゃんとおしゃれをしたら綺麗(きれい)なんだろうけど、特にそういうのに興味がないのか、髪はボサボサ。

社長さんをやってる人だから、ものすごいキャリアウーマンを想像していたけど、会ってみたらそんなイメージとはかけ離れた人だ。

「えっ！　光郷(こうごう)マオさん⁉」

マオさんの名前を聞くと同時に、チヨちゃんがビックリした声を出す。

事前に決めてた通りだ。私達は、デビルキングさんの正体を知らなかったふりをしなくちゃいけない。だから、名前を聞いたら、ビックリしようって。

「それって、SPLENDORの……」

「うん、代表取締役。ビックリした？」

「あ、当たり前ですよ！　それで、こんな沢山の人が……」

「ごめんね、こんなに人がいたら緊張するよね？」

リビングに通された私達だけど、ここにはマオさん以外にも沢山の人がいる。

私達を案内してくれた人と同じスーツ姿。多分だけど、この人達って全員……

「いえ、大丈夫です！」

「ふふ……。ありがと……」

やっぱり、チヨちゃんはすごいなぁ。どんどんマオさんと仲良くなってる気がするよ。

私なんて、まだろくにお話できてなくて……

「ミライさん、挨拶！　挨拶！」

「あっ！　初めまして！　雪野ミライです！」

「阿野チヨです！」

チヨちゃんに促されて、慌てて挨拶をする。

「とりあえず、立ち話もなんだし座ってよ」

「はい！」「はぁ～い！」

　言われた通りに腰を下ろすと、私達の後ろにここまで案内してくれたスーツ姿の人……樫山さん（案内されてる途中で、名前を教えてもらえた）が立った。

　まるで、何かしたら絶対に逃がさないと言わんばかりだ。

「今日は招待してくれて、ありがとうございます！」

「全然いいよ。むさい男に囲まれてイライラしてたからね。可愛い子は大歓迎」

　お部屋にいるスーツ姿の人は、全部で五人。一人がマオさんの隣に、もう一人が私達の後ろに立っていて、残りの三人はそれぞれ、リビングの出口、窓際、キッチンにいる。

「そうですか……」

「別に逃げやしないんだから、一人にしてほしいんだけど……。どうなん、小早川？」

　マオさんが、言葉と同時に隣に立つ男の人をにらみつけた。

「そういうわけにもいきません」

「監視されてるみたいで、ムカつくんだけど？」

「そう思っていただいても結構です」

「あっそ」

　この部屋にいるスーツの人達は、きっと全員が諜報員なんだろう。

　だけど、マオさんと諜報員の人達の関係は、シノとリンちゃんとは随分違うみたい。

むしろ、マオさんは嫌がっているようにも思えて……

「待っててね。今、飲み物を用意するから。えっと、飲み物は……」

そう言いながら、キッチンのほうに向かうマオさんだけど、どこに何があるのか分かっていないのか、キッチンの周りをウロウロとしている。

その間に、私は小さな声でチヨちゃんに話しかけた。

「チヨちゃん、このお家すごいね……」

「だね……。さすが、社長さんの家って感じ」

「つい最近、引っ越してきたばかりなんだけどね。……はい、どうぞ」

「え？　あっ！　ありがとうございます！」

私達がヒソヒソと話していると、飲み物を持ってきてくれたマオさんが会話に混ざる。

そっか。最近お引っ越しをしてきたばかりなんだ……。

言われてみれば、このお家は不自然な程に綺麗に整ってる。

掃除が行き届いているというよりは、最初から何もなかったみたいな……。

「で、どっちがエチタッグなの？」

正面に座るマオさんが、興味津々といった様子で私達へそう尋ねた。

「あっ！　私です！　私が、マオさんと試合を――」

「なら、アカウントを乗っ取ったのが、そっちの子かな？」

「「…………っ!!」」

言われた瞬間、頭のてっぺんから爪先まで一気に熱くなった。

「あ、あの……」

チヨちゃんが恐る恐る声を出す。

まさか、私達がズルをしてランクを上げたことが知られてるなんて。

「マオ様、それはいったい？」

隣に立つスーツ姿の人……小早川（こばやかわ）さんが、鋭い眼差（まなざ）しで私達をにらみつける。

ど、どうしよう……。もしかしたら、もう私達の正体を……っ！

「小早川（こばやかわ）、私達は必要以上にマオ様に干渉しない。……忘れたのか？」

そんな小早川（こばやかわ）さんに、私達の後ろに立つ樫山（かしやま）さんが鋭く注意を促した。

「……そうだな」

「邪魔をしてすみませんでした。どうぞ、続きを」

はぁ～！　怖かったぁ！　けど、まだ大丈夫だよね？　怪しまれてないよね？

「大丈夫だよ。別に怒ってるわけでもないしね。ただ、知らないふりをするのもどうかと思ったから、聞いてみただけ」

マオさんは、そんな二人のやり取りの一切を無視して、私達との会話を続けた。

「あ、あはははは……。その、どうして分かったんですか？」

チヨちゃんが、そう聞いた。

「エチタッグが強すぎたから」

「強すぎた？」

「そっ。タクシャで私に勝てるプレイヤーなんて、ほとんどいないの。一〇位以内の人だとたまに負ける時もあるけど、それでも勝率が九割を切ることはない」

してやったりというような笑顔を見せながら、マオさんは語る。

「だけど、エチタッグには五割くらいでしか勝てなかった。そんなプレイヤーの順位が、まだダイヤモンドの五〇〇位程度なんて明らかに不自然だからね」

「それだけで、アカウントをハックしたことって分からないんじゃ……」

「次からは、ハックする相手のＩＰアドレスにも気をつけると良いよ。半年前まで青森県にいた人が急に東京都で勝ち続けたら、すぐにバレちゃうからね」

「あっ！　そういうことですか……」

ＩＰアドレス？

「インターネット・プロトコル・アドレス。要するに、ネット上の住所みたいなもので、その人がどこからゲームに接続してるか分かるの……」

「そうなんだ……」

チヨちゃんと一緒に、今回の任務をやるようになってから、本当に色々なことが知れる。

まだまだ、私って知らないことが沢山あったんだな。

「ま、そんな雑談はおいといて、そろそろ本題。……ねぇ、雪野(ゆきの)さん、貴女(あなた)はどうしてあんなに、タクシャが強いの？　今までやってたわけじゃないよね？」

「その、私、元々チェスをやってたんです。で、その知識を使って定石とかを……」

「やっぱり、そうだったんだ。タクシャを作る時、基にしたからなぁ」

変なことは言ってないと思うんだけど、マオさんには何もかも見透かされているような気がして、すごく怖い。絶対に、変なことは言わないようにしないと……っ！

「ちなみに、私の戦法で厄介だったのはどれだった？」

「あっ！　それだったら——」

…………

……

それから先、私達はしばらくタクシャについて、色々なお話をした。

初めはすごく緊張してたけど、こうして同じゲームについて話せる相手は、今まで一人もいなかったから、マオさんとお話するのはすごく楽しくて、気がつくと緊張なんて吹き飛んで、ただ純粋にマオさんとタクシャについて語り合っていた。

「やっぱ、あのイージスの使い方はミライが思いついたんだ。だよねぇ。あんな使い方、今までの定石になかったし」

「でも、参考にした定石はありましたよ。タクシャの動画って沢山あったから、その試合の中で似たようなことをしてる人が……」

気が付けば、マオさんも私のことを名前で呼んでくれるようになって、最初の頃の物静かな様子はなくなって、明るく喋(しゃべ)ってくれている。

「動画か。多いのはいいんだけど、多すぎて悩むんだよね。おすすめってある？」

「私は、『チャレンジさん』の『チャレンジタクシャ』を見てます！　負け試合のほうが多いんですけど、色々な戦法を試してくれるから、すごく参考になるんですよ」

「高ランクのプレイヤーよりも、低ランクのプレイヤーを参考にするか……。確かに、ランクが高い程定石に縛られる傾向があるし……、いいこと教えてもらった。あんがと」

服装はスウェットで髪もボサボサなんだけど、物静かな笑みを浮かべるマオさんは、ものすごく綺麗(きれい)だった。

「てか、話してたらやりたくなってきたよ。ねぇ、ミライ。マァと今から……」

「マァ？」

「あっ……。ごめん。つい、いつもの癖が……」

「えっと、『マァ』ってどういう……」

「その、自分のこと……。昔、パパがそう呼んでくれて……」

あ、『マオ』だから『マァ』ってことか。

「変だよね？　自分で自分のことをこう呼ぶのって」

ほっぺたを少し赤らめながら、マオさんが控えめに私達を見つめる。

「全然！　むしろ、身近に感じられて嬉しいです！」

「ほんと？　嬉しいな。一応社長だから、普段は気をつけてるんだけど、テンションが上がるとダメだよね。ポンコツ社長なんだ、実際」

その言葉を聞いて、どこかホッとする。

よかった……。普段隠してることを言ってくれるくらい、信用されてるってことだよね。

「こんなすごいゲームを開発したんですから、ポンコツじゃないですよ。すごく面白くて、やりごたえもあって……」

「ありがと。でも、マァだけを褒めなくていいよ。一人で作ったわけじゃないし」

「そうなんですか？」

「ゲームは大勢で作るもんだからね。一人頼りになる奴がいてさ。マァと同じ施設で育った奴なんだけど、そいつのフォローがあったからタクシャはできたわけ」

施設……きっと、光郷グループが運営してる児童養護施設ブルーパディーのことだろう。

その人が誰かは知らないけど、話してるマオさんの表情から分かる。

きっと、マオさんにとってすごく大切な人なんだろうな。

「へぇ。そんな人がいたんですか。いったい、どんな――」

「マオ様、そろそろお時間のほうが……」

私が質問を続けようとしたら、小早川さんが割り込んだ。

「あんたが決めないでよ。折角盛り上がってきたんだし、今から少し対戦でも——」

「本当に、よろしいのですか？」

「……ちっ。分かったよ……」

小さく舌打ちをした後、マオさんはどこか諦めた表情を浮かべた。

そんなに時間経ってたかな？　まだ、来てから一時間くらいのはずなんだけど……。

「ごめん、ミライ。本当は、この後にタクシャで対戦でもしたかったんだけど、もう時間がないみたい。でも、楽しかったからよ。ありがとね」

「いえ、私も楽しかったです」

困ったな……。マオさんと会うことができたのに、まだ大切な情報が何も聞けてない。

私達がここに来たのは、暗殺計画が嘘か本当か調べるためだ。

何とか、少しでもそれについて……

「嬉しいな。よかったら、また遊びに来てよ」

「……っ！」

その言葉を聞いた瞬間、私の中に一つのアイディアが思い浮かんだ。

もしかしたら、これを聞くことで怪しまれちゃうかもしれない。だけど、もう時間がない。

だったら……

「それなら、来週の日曜日も遊びに来ていいですか？」

「あ～……嬉しいんだけど、来週の日曜日は無理なんだ。ちょっと大会があってね」

知ってる。だって、その日はタクシャの大会がある日だもん。

そして、その大会にマオさんは絶対に出席するって、チヨちゃんから聞いていたから。

でも、この答えの先に私が知りたい本当の答えが待っている。

ここまで話していて分かったことは、マオさんは心を開いた相手にはすごく優しいこと。

もし、私がマオさんに信用されているなら、きっと……

「大会ですか。でしたら、そっちに私達が行くのは——」

「絶対にダメ」

「……っ！」

その言葉を聞いた瞬間、心臓が飛び出すんじゃないかってぐらい強い鼓動を打った。

マオさん。貴女の優しさを利用するような手を使って、ごめんなさい。

だけど、私達に来ちゃダメって言うことは……

「ミライもチヨも、大会には絶対来ないで」

ものすごく真剣な表情で、マオさんがそう言った。

「えっと……、どうしてでしょうか？」

「危ないことが起きるから」

もしも、マオさんが大会で何か起きることを知らなかったら、私達を招待してくれる。

だけど、何か起きることを知っていたら、招待しない。

私達をトラブルに巻き込まないために……。

「危ないこと……。それって、いったい……」

「ま、ちょっとした喧嘩かな。それも、かなり物騒な」

「マオ様、それ以上は……」

小早川さんがマオさんを制止する。だけど、マオさんは止まらない。

「別にいいでしょ。折角来てくれたわけだし、こっちの事情も少しは伝えとくべき」

「ですが……」

「うるさい。あんましつこいと、こっちにも考えがあるけど？」

「……かしこまりました」

マオさんの勢いに負けた小早川さんは、渋々という態度ではあったけど、これ以上邪魔をするつもりはないのか、再び静かになった。

「その、マオさん。かなり物騒って言うのは……」

「ちょっとした殺し合いだね。鬱陶しい弟が一人いてさ、そいつを殺そうとしてるの」

「こ、ころ……っ！」

いけない！　あまりのことに、変な反応をしちゃったよ！

もっと落ち着いて、普通の反応をしてなきゃ……

「ま、普通はそういう反応になるよね」

よかった……。本当に驚いただけなんだけど、その反応が正解だったみたい。

鬱陶しい弟。それが誰のことを指すのか、すぐに分かった。

シノだ……。マオさんは、シノがリンちゃんの影武者ってことを知らない。

本当の後継者だと思ってて、喧嘩をするってことは……。

「マジで邪魔くさい血の繋がってない弟がいてさ、そいつを何とか処分したいわけ。だから、ちょっと罠を張ってね。まんまとその大会におびき出したってわけ」

「おびき出した……。じゃあ、そこで……」

「うん。殺す」

一切の迷いなく、マオさんはそう告げた。

間違いない……。マオさんは、暗殺計画のことを知ってる！

ううん！　そうじゃない！　最初から、あの暗殺計画は嘘だったんだ！

「だ、ダメですよ！　その、人を殺すのはものすごい悪いことで……」

「大丈夫だよ。一年間に一〇〇万人以上の人間が死んでるわけだし、何より私は人を殺したとしても、罪に問われない方法を知ってるから」

「そんな……」

「――なんてね。冗談だよ、冗談。……ビックリした？」

「あ、あははは……」

違う……。本当は、冗談なんかじゃない。

嘘の暗殺計画で呼び出して、マオさんはシノの命を……。

「ま、殺しはさておき、来週は大会があるから無理。ってわけで、再来週にしよ」

そう言うと、マオさんはソファーから立ち上がり、私の肩に手をおいた。

そして、私とチヨちゃんの耳元まで自分の口を近づけると、

「楽しみにしてるよ。……鳳エマさん、い、い、久溜間道チヨさん、い、い」

私達にだけ聞こえる声でそう告げた後、元の場所へと戻っていった。

「…………っ！　……あっ！」

瞬間、チヨちゃんが立ち上がろうとする。だけど、立ち上がれなかった。

私達の後ろにいる樫山さんが、チヨちゃんの両肩に手をのせて押さえつけたからだ。

「どうかなされましたか？　随分と驚いているようですけど？」

どうしよう！　最初から、全部知られてたんだ……。

私達の正体も、何のためにここまで来たかも……。

「その、チヨちゃんを離して……」

もしも、こうなった時は、どっちかだけでも逃げ出さなくちゃいけない。

私はダメでも、チヨちゃんだけは……だけど、逃げ切れるの？

出口になりそうなところは、全部押さえられてて……。

「ちょっと、私の友達に乱暴はしないでよ」

だけど、そんな私達に思わぬところから助けが入った。マオさんだ。

「失礼しました」

そう言うと、樫山さんはチヨちゃんを解放した。けど、どうして？

どうして、マオさんが……

「タクシャでもそうだったでしょ？　私、真っ向勝負が好きなんだ。たとえ作戦がバレたって関係ない。本当に強いのは、分かっていても破れない作戦だからさ」

どうやら、マオさんには今ここで私達をどうにかするつもりはないみたい。

だからこそ、私達にだけ聞こえるような声で、さっきの言葉を伝えたんだ。

「わ……、分かりました。じゃあ、来週は我慢しますね」

チヨちゃんが、両手をグッと握り締めながら、そう笑顔で返事をした。

「ありがと。でも、大会は配信もしてるから、よかったら見てみてよ。結構、いいプレイヤーも出てくるんだ。私のおススメは、四九位のホリホリ倉庫って奴」

「でしたら、配信で見させてもらいますね」

「うん、そうして」

お互いの正体や考えを理解しながらも、決して表には出さずに、チヨちゃんとマオさんは、互いに笑顔で語り合っている。その独特の空気に圧されて、私は何も言えなくなった。

「雪野ミライさん、阿野チヨさん、今日はありがと。……会えて嬉しかったよ」

マオさんのお家から出た後、私達は大急ぎで駅まで向かった。

だけど、電車は使わない。使ったのは、タクシーだ。

尾行されても絶対に大丈夫なようにって、チヨちゃんが運転手さんに色々とお願いをして、複雑な道順で私達は自分達の最寄り駅まで戻ってきた。

「マオ様……ううん、光郷マオは敵だった……。暗殺計画は偽物で、シノ兄を……っ！」

シノちゃんが、唇を震わせながらそう言った。

「真っ向勝負で挑むなんていい度胸じゃん。シノ兄を、パパとママをなめるな。あんな人達になんか、絶対に負けない。私の家族は、最強なんだから」

マオさんからの言葉に、かなり熱くなってるみたい。

だけど、私はそんなチヨちゃんとは正反対に、どこか冷めている一面があって……

「エマさん、ありがとう。私達の正体を知られてたのは予想外だったけど、最高の情報を手に入れることができたよ。この情報があれば……」

「うん。そうなんだけど、さ……」

「どうしたの？」

確かに、マオさんはシノの命を狙ってるんだと思う。

本人の言葉からしても、それは間違いない。

だけど、引っかかる。マオさんのやっていることは、絶対に変だ。

「マオさん、何か事情があるんじゃないのかな？　だから、シノの命を……」

「光郷(こうごう)グループの実権が欲しいっていう事情があるからね。それに、どんな事情があったとしても、シノ兄の命を狙ってるならやることは一つだよ」

そうかもしれない……。

だけど、私はどうしても納得ができなかった。

ねぇ、マオさん。どうして、私達の正体を知っていたのに、あんな話をしてくれたの？

タクティクス・シャトラのマオさんは、確かに真っ向勝負をしてくる。

だけど、それだけじゃない。真っ向勝負のように見せかけた搦(から)め手(て)も使ってきて、私が一番苦戦をしたのは、そういう時のマオさんだ。

「反乱分子は、確実に処理をする。それが私達、久溜間道家だから」

ねぇ、シノ……。シノは、マオさんと戦うの？

前の時みたいな、すごく怖い殺し合いを……。

「…………やだな」

自然とその言葉が、私の口から漏れていた。

## 第六章
# 潜入任務

「シノ兄、あの暗殺計画は嘘だったよ！　マオ様……ううん、光郷マオはシノ兄をおびき出すために、わざとあの情報をこっちに流したの！」

日曜日の夜、家へ帰ってきたチヨが息を切らしながら、そう俺達へと報告した。

「これなら、こっちもやりようはあるよね？　だからさ――」

「待て」

「え？」

「その前に、手洗いうがいだ。詳しい話は、その後に聞く」

「うっ！　自分だって、こないだしてなかったくせに……」

小さく文句をこぼしながら、チヨが洗面台へと向かっていった。

……………

……

「お待たせ！　わっ！　今日、カレーじゃん！　やったぁ！」

テーブルにならぶカレーライスを確認して、チヨが弾んだ声をあげる。

母さんの料理はどれも美味いが、チヨは特にカレーを気に入っているからな。

上機嫌に、俺の隣へと腰を下ろした。

「では、先程の情報を再度確認させてくれ」

「任せてよ！」

室内に充満する、香ばしいカレーの匂いを堪能しながら、俺はそう問いかけた。

「まず、信憑性はどの程度だ？」

「一〇〇％！　光郷マオは確実に私達の敵だって言いきれるよ！　うん！　おいしい！」

上機嫌にカレーをほおばりながら、チヨがそう言った。

「その根拠は？」

「ふふん！　なんてったって、本人の口から直接確認したからね！」

「本人の口から、だと？　どういうことだ？」

「実は最近、シノ兄達に内緒でタクティクス・シャトラをやってたんだ！　そこで、結構……うぅん、かなりいい成績を出せてさ。おかげで、光郷マオに興味を持ってもらえて、直接会えることになったの！」

チヨがそう報告すると、父さんの目が鋭く光った。

同時に、電子レンジから加熱の終了を告げる音が鳴り響く。

「なるほど。それで、最近お前は帰りが遅かったのだな」

父さんが電子レンジから銀色のパックを取り出し、先に加熱を終えていたレトルトご飯に、レトルトのカレーをかけながらチヨへと確認を取る。

「うっ！　ごめんなさい、パパ……」

「別に怒っていない。……うむ、美味い。美味いのだが……」

父さんはカレーを口へ含んだ後、物欲しそうな眼差しを母さんへと送った。

「チヨちゃんが、タクティクス・シャトラを始めたのって、つい最近の話よね？」

が、完膚なきまでに無視された。

正面から「先は長いな……」と哀愁漂う呟きが小さく響く。

「うん！　ちょうど一週間前の日曜日からやり始めたんだ！」

「少し気になるのだけど、マァちゃんってものすごくゲームが上手なのよ。タクティクス・シャトラでも一番上手なプレイヤーだったはず……」

「そうだよ！　ものすごく強くて――」

「そんな人に、ゲームの中とはいえ、どうしてチヨちゃんが興味を持ってもらえたの？」

チヨの言葉を遮り、母さんが問いかけた。

「え？　それは、私もランクを上げて……」

「始めて、たった一週間で？」

「ま、まぁね！　その、色んな動画を見て定石を覚えて、連戦連勝だったんだから！」

視線を右へ左へと移動させた後、困惑した眼差しで俺を見つめる。

それは、チヨの癖だ。知られたくない何かを隠している時の……。

「…………」

父さんと母さんが、チヨに気づかれないよう視線で俺へ合図を送る。

判断は俺に任せるということか……。

「そうか。チヨはゲームが得意だったのだな」

だとすれば、俺は追及しない。

本人が隠している以上、追及したとしても言うとは限らないからな。

「そゆこと！　あ、でも……さ……」

「何かあるのか？」

「その、ね……光郷マオに直接会う時、変装して偽名も使って会ったんだ。だけど、光郷マオは私達の正体を知ってた……」

「私達？」

「あっ！　ち、違った！　私！　私の言い間違い！」

「ふむ……。そうなってくると少し妙だな。俺達にとっては好都合ではあるのだが、なぜお前は無事に帰宅できている？　正体が知られているのであれば……」

「向こうからは『真っ向勝負で挑む』って言われたよ。その……、心配かけてごめんなさい」

つまり、敵に塩を送られる形での情報入手か。

　チヨとしては、完璧な形で情報を入手したかったのだろうが、それができなかったことに、どこか悔しさを滲ませている。

「謝る必要はない。無事に貴重な情報を入手して戻ってきたのだから」

「……ほんと？」

「ああ。お手柄だな、チヨ」

　そう告げて、俺はチヨの頭を撫でた。

「へへっ！　私も、久溜間道家の課報員だからね！」

「ああ。チヨは立派な課報員だ」

　チヨには課報員とは無縁の世界で生きてほしかったのだがな……いや、今さらだ。

　俺にできることは、必ずチヨの身の安全を……いや、そうではないのかもしれないな。

「そうなると……まずは、リンに確認しなくてはならないな」

　その件について考えるのは後だ。今は、光郷マオの件を優先しなくては。

「え？　もう敵なのは確定だし、ゲーム大会前に処理しちゃっても……」

「状況に応じて、独断で動く場面も必要になるが、まだ時間はある。だとすれば、まずはリンの意向を確認する必要がある」

「まぁ、それもそっか……。分かった！　じゃあ、他にも必要な情報があったら、言ってね！　絶対に私が調べてみせるからさ！」

「ああ。頼りにしているぞ」

「任せてよ！」

◇

翌日の月曜日、昼休み。

俺とエマは、昼食をとるために普段通り屋上へとやってきたのだが……

「とりあえず、ご飯を食べちゃおうか。いいよね、エマ、シノ？」

「うん！　今日もお弁当の交換っこしようね、リンちゃん！」

そこには平然と、リンが加わっていた。

「…………」

「シノ、何か文句でもあるの？」

文句しかない。俺にとって最重要任務は、リンの身を守ることだ。

そのためにも、俺達はできる限り接点を持たないほうが良い。

だというのに、リンは容赦なく俺達と共に過ごそうとしている。

しかも、あろうことか『これから、月曜日のお昼休みは私も参加するから』と謎のルールまで設けてしまう始末。『二人にちゃんと任務を伝えるため』だそうだが、他にも方法はいくらでもあるだろうに……。

「君には、もう少し自覚を持ってもらいたい」

「そっくりそのまま、その言葉を返すよ」

「あ、あの……。二人とも、あんまり喧嘩は……」

しまった。つい感情的になって、エマを困惑させてしまった。

任務に予想外のトラブルは付き物だ。そこからどう対応するかで、諜報員の真価は決まる。

「すまない、エマ。それに、リンも……」

「なんで謝ってるの？」

「わざわざ来てくれたにもかかわらず、無礼な態度を取ってしまったからだ。君と過ごすこと自体を嫌悪しているわけではないと、理解してもらいたい」

「ふ～ん。なら、許してあげる」

どこか上機嫌に、言葉を漏らすリン。

相変わらず、随分と豪勢な弁当箱を持ってきてはいるが……、気にしないことにしよう。

「……いいなぁ」

む？　なぜ、エマはリンに対して羨望の眼差しを？

別段、彼女を羨ましがる点があったとは思えないのだが……

「そこはお互い様。私だって、普段はエマが羨ましいしね」

「む〜！　その余裕、なんか悔しい！」

これがいわゆる、ガールズトークというやつだろうか？

…………

……

「じゃあ、今週末の件について、もう一度おさらいをしておこうか」

三人で昼食を終え、弁当箱を袋に包んだところで、リンがそう言った。

今週末……正確には日曜日だが、その日にＳＰＬＥＮＤＯＲ主催のゲーム大会が開かれる。

そして、そこで光郷（こうごう）マオに対しての暗殺計画が企てられているが、それはまやかし。

真の狙いは、俺をおびき寄せて光郷（こうごう）グループの後継者の命を奪うというもの。

当然ながら、リンに対してもチヨが調べた情報は知らせてある。

「ゲーム大会だけどね、私の知り合いも来てるんだ。ただ、ちょっと乱暴な人だからさ、もしかしたら喧嘩（けんか）になっちゃうかもしれない」

「その場合、こちらはどう対処する？」

「少し悩んでるんだよね。こっちとしては、できる限り仲良くしたいから連絡もしてみたんだけど、全部無視されちゃってるからさ」

なるほど。穏便に事を済ますためにも、光郷（こうごう）マオとコンタクトを取ろうとしたわけか。

「無視、か。それは、少し妙だな」

「だね。軽い社交辞令くらいは返ってくると思ったんだけど、それもなかったからさ」

向こうから、明確に殺意を向けられている以上、やはり交渉は難しいか。

「ならば、いっそ参加を中止するか？　不要なトラブルを考えると……」

「そっちのほうが危険だよ。向こうは、私に会いたがってるみたいだからさ。行かないほうが、後々厄介なことになりかねない」

そうだな……。仮にここで逃げた場合、向こうの作戦自体は潰すことができるが、光郷マオの抑制には繋がらない。

「敵なら、確実に処理しないとね」

一切の迷いを持たず、リンがそう言った。

向こうの戦力がどの程度かは、まだ分からない部分が多い。

しかし、父さんや母さんがいれば、こちらが敗れる可能性は極めて低いだろう。

俺からみても、あの二人は異次元の存在だからな。

「分かった。では、喧嘩が起きた際には容赦なく鎮静化する。それで、構わないな？」

「うん。その方向で——」

「あ、あのさ、リンちゃん」

そこで、これまで黙って俺達の話を聞いていたエマが、遠慮がちに会話へ参加した。

「どうしたの、エマ？」

「そ、その……、リンちゃんの知り合いの人って、本当にリンちゃんと喧嘩したいのかな？」

「一応、そう聞いてるんだけど、エマは違うと思うの？」

チヨから聞いた話では、光郷マオはこちらに対して、殺意を抱いている。

もちろん、影武者の件は知らないので、リンではなく俺に対してだが。

「分かんない……。けど、何だか色々不思議なことが多くて……、リンちゃんの知り合いの人が、本当にリンちゃんと喧嘩したいとは、あんまり思えないの……」

「なるほどね……」

これまで、エマは裏の世界とは関わりなく生きてきた存在だ。

そんな彼女の価値観から考えると、血が繋がっていないとはいえ姉弟同士で殺し合いをするというのが、信じられないのだろう。特に彼女は、大切な妹もいるしな。

「エマ、少し悲しい話なんだけどね、この世界には嘘つきが沢山いるの。そして、その嘘つきは大抵いい人のふりがすごく上手。弱いふりをして、良い人のふりをして、私達のことを騙して罠にはめようとしてくる。私達のいる世界は、そういう世界なんだ」

「そうかもしれないけど……っ！」

リンは、自分が後継者であることを隠し通されて育ってきた。

だが、その中で光郷家と一切かかわりを持たずに育ってきたわけではない。

彼女は幼い頃からずっと見てきているんだ。光郷グループの、表と裏を……。

「やっぱり、信じられないよ……」

リンの言っていることを理解しつつも、自分の中の考えを変えるつもりはないのだろう。

小さな言葉の中に、大きな決意が感じられた。

「だとしたら、納得のできる答えを見つければいいのではないか？」

「え？　シノ、それってどういう……」

「俺は、リンに言われた通りに行動する存在だ。……だが、エマ。君はそうではない」

「私は、違う？」

「そうだ。君には君の考えがあり、どうしても納得ができないというのであれば、やれることをやってみるといい。それを止める権利は、俺にもリンにもないのだから」

「私のやれることを……」

「リンも、構わないか？」

「そうだね。私は私の考えで動く。だから、エマはエマの考えで動きなよ。もしかしたら、私達の気づいてないことに、エマが気づいてくれるかもしれないからね」

「シノ、リンちゃん……」

エマが俺達をじっと見つめる。

最初は不安そうな瞳をしていたが、徐々に活気を取り戻していくと、

「分かった！　私、頑張ってみるよ！　何もできないかもしれない、何も変わらないかもしれ

ない！　だけど、頑張ったって結果だけは絶対に残してみせるから！」

満面の笑みを浮かべて、俺達へそう告げた。

◇

──日曜日。一四時三〇分。

光郷スマイルホール……都内にある、様々な催し物に利用されるイベント会場。

キャパシティは、最大で三万人程。

毎週、様々なイベントが行われているが、本日のイベントはゲーム大会。

タクティクス・シャトラの日本一を決定する……タクシャチャンピオンカップが行われる。

そんな会場に、俺は観客としてやってきていた。

もちろん、一人ではない。共にやってきたのは……

「ついたね、シノ！」

「あ、ああ……。そうだな、エマ……」

エマの姿に扮した……母さんである。

今日、この会場ではSPLENDORの社長である、光郷マオの暗殺が企てられている。

それを防ぐために、俺はこの会場へとやってきたわけだが……さすがに、一人で来るのは不自然極まりないので、同行者が必要だ。

だが、そんな危険な場所にエマ本人を連れてくるわけにはいかない。かといって、実の母親と二人でゲーム会場にやってくる高校生というのは、不自然極まりない。

そこで折衷案が、母さんにエマの姿に扮してもらうことだった。

任務のために必要なことは分かっている。だが、しかしだ……

「ふふふ……。どうしたの、シノ？」

「凄まじく恥ずかしい」

何やら、胸部に表現しがたい感情が渦巻いているのが現状である。

第三者に見られても問題ない状態ではあるが、できることなら知り合いには——

「あれ？　シノじゃん！」

俺の願いは、僅か三秒で霧散した。

右の側面から響いた声は、俺のよく知る人物のもの……クラスメートの上尾コウだ。

「おいおい、なんでこんな所にシノがいるんだよ？」

「そっくりそのまま、同じ言葉を返しておこう」

「いや、何でそんな露骨に嫌そうな顔を……って、あれ？　鳳さんもいるし！」

「あ、ど、どうも……。えっと……」

これまで、エマとコウに接点はない。

なので、少々遠慮がちな態度を取るのが、この場においての正解だ。

「上尾コウ！　シノの大親友です！」

「あ、そうなんだ、ね……。えっと、鳳エマです。よろしくお願いします」

「よろしく！　いやぁ、今日はめっちゃラッキーだわ！　まさか、鳳さんと話せるなんて！」

俺の大親友（自称）が、エマ（俺の母親）にちょっと色目を使っている。

『シノ、余計な障害は排除したほうが良い。必要とあれば、消しても構わん』

耳に装着したワイヤレスイヤホンからは、随分とドスの利いた父さんの声が響いた。

クラスメートを消すのは、逆に危険ではないだろうか？

「いや、ビビったわ！　もしかして、鳳さんもタクシャを？」

「う、うん……。ちょっとだけね。それで、今日はシノに付き合ってもらってて……」

「え？　まじ⁉　俺もやってるんだ！　ちなみに、ランクはダイヤモンドだぜ！」

「わっ！　上尾君、すごいね……。私なんて、まだまだで……」

「だったら、俺が勝ち方を教えてあげるよ！　よかったら、キャラ名とＩＤを――」

「コウ、すまないがそろそろいいか？」

ひとまず、ワイヤレスイヤホンから伝わってくるプレッシャーが恐ろしかったので、コウとエマ（母さん）の会話に割り込んだ。

「なんだよ……。少しくらい、いいじゃんか……」

「俺達は俺達で、予定があるのでな」

「はいはい、分かりましたよぉ～。ほんじゃ、お邪魔虫は退散しま～す」

どこかからかい口調で、コウはその場を去っていった。

ふぅ……。これで、ひとまずは安心だな。

「いいお友達だね、シノ」

「ああ。まぁ、悪い奴(やつ)ではない。ところで……」

「どうしたの？」

「何やら上機嫌だな」

「分かる？　ふふ……、あんな怒っちゃって……」

理由は不明だが、母さんは父さんが不機嫌になったことが喜ばしいようだ。

「貴方(あなた)、ご飯抜きの期間を、三日間短縮してあげるわ」

『ふむ……。つまり、イズナは俺が嫉妬することによって、上機嫌になりインスタント食品期間を短縮してくれるということか。ならば、今から知人に依頼して……』

「一週間、延長よ」

直後、ワイヤレスイヤホンから形容しがたい悲鳴が響いた。

なお、そんな三歩進んで七歩下がった父さんだが、この会場の周囲にはいない。

彼には、今回の任務(ミッション)では別にやるべきことがあり、そちらに注力してもらっているからだ。

「さてと……、じゃあ行こっか、シノ」

「ああ、そうだな」

コウが立ち去ったのを確認した後、俺達は移動を開始した。

ゲーム大会自体が始まるのは、今から三〇分後。会場内では、様々な物販や一部にはタクティクス・シャトラがプレイできる環境などもある。

そして、不自然な程、大量に設置された監視カメラ。

いったい何を監視するためかは、言うまでもないだろう……。

だが、こちらにとっても、有利な状況を生み出すことになるがな。

『シノ兄、見つけたよ。イベント会場の警備員の中に三人。巡回してる人、ステージ横の人、それにスタッフ・関係者口にいる人』

ワイヤレスイヤホンから響くのは、チヨの声だ。

今日の任務（ミッション）において、チヨは家でエマと共に待機してもらっている。

といっても、何もしないわけではない。予め（あらかじめ）、光郷（こうごう）スマイルホールのシステムにハッキングを行い、カメラ映像をこちらでも確認できるようにしてある。

「シノ、どうする？」

「まだ動くべきではないだろうな。互いに、騒ぎは避けるべきだ」

諜報員（エージェント）は、影の存在。俺達は、知られないことにこそ真価がある。

だからこそ、一般人に目撃される戦闘などは決して行わない。

あくまでも静かに、決して知られることなく標的(ターゲット)を仕留める。それが、諜報員(エージェント)だ。

つまり、向こうもこちらも動くタイミングとして最も適しているのは、ゲーム大会中だ。

来場者達の注意が、タクティクス・シャトラの試合に向いている隙に、俺達は俺達で別の死合を行うことになるだろう。だが、それはあくまでも最悪のケース。

できる限り、その事態を引き起こさないように行動する。

「すみません」

「はい。どうしましたか？」

賑(にぎ)やかな会場内で、場違いな空気を発しながらも俺達が向かった先。

それは、スタッフ・関係者口の正面だ。そこにいる警備員へ語り掛けた。

「光郷(こうごう)マオさんにお会いしたいのですが、よろしいでしょうか？」

「……失礼ですが、お名前は？」

「光郷(こうごう)シノです」

「ほう……。貴方(あなた)が……」

白々しい反応だ。初めから、俺が何者かなど知っているだろうに。

「少々お待ち下さい」

「はい」

「すみません。光郷シノ様がいらっしゃいました。……はい。……はい。……分かりました」

警備員が、襟元に装着されたマイクで内部と連絡を取った。

「お待たせしました。では、こちらへいらしてください」

扉が開かれて、俺達は中へと案内された。

賑やかな会場とは異なる、静かで殺伐とした空気の流れる通路を俺達は歩く。

ただのイベントスタッフもいるが、そうではない人物も何人か含まれているな……。

そして、案内された先では……

「よく来たね、シノ君。……こうして会うのは、初めてだね」

ソファーに優雅に腰を下ろす一人の女が、俺達に対して笑みを浮かべて語り掛けた。

胸元まで伸びたストレートヘアーに、整ったスーツ姿。彼女が光郷マオだ。

「ああ。こいつらについては、気にしないでいいよ。何かあった時しか、動かないから」

出会い頭に、まずは牽制を一つ。

室内には、二名の屈強なスーツ姿の男が、彼女の背後に立っている。

二人とも、サングラスを装着。

つまり、俺に素顔を見られると不都合な相手ということか……。まぁ、いい。

「はじめまして、マオさん。……姉さんとお呼びしても？」

「やめてよ。いきなり、こんなでかい弟ができても困るから」

つまり、俺を弟とは思っていないということか。

「わざわざ来てくれて嬉しいよ。……ちなみに、隣の子は？」

「俺の恋人の鳳エマです」

「は、はじめまして！　鳳エマです！」

「ふ～ん……」

何か気になる点でもあったのか、光郷マオが訝し気な眼差しで母さんを見つめる。

「はじめまして、い、い、エマさん。光郷マオだよ、よろしくね」

「はい！　よろしくお願いします！」

そう言って、母さんが深く頭を下げると、それ以上興味を持つことはなかったのか、再び俺へと視線を戻した。だが、背後に立つ男の一人が何か気になったのか……。

「はじめまして？　いや、どこかで……」

サングラスの奥から、エマのことを注視している様子がうかがえた。

「小早川、今は私がしゃべってるんだけど？」

「私の発言が、禁止されているわけではないでしょう？」

「禁止したら、しゃべらなくなるわけ？」

「さぁ？　試してみては？」

「……ちっ」

少し珍しい光景だな。

諜報員（エージェント）が雇い主に反発した行動を取るとは。……いや、俺も他人のことは言えないか。

「まぁ、いいや。……で、何の用？」

「今すぐ、大会を中止にして下さい。もしくは、マオさんだけでもこの会場から退去していただけると幸いです」

「理由は？」

「暗道（あんどう）グループの諜報員（エージェント）が、マオさんの命を狙っているという情報が入りました。……事前にお伝えもしてましたよね？」

「あ～。そういや、そんなんも来てたね」

どうでもいいと言わんばかりに、頭部をかきため息を一つ。

この会話に、意味などほとんどない。なにせ、お互いに目的は異なっているのだから。

「だったら、中止にする必要も退去する必要もないね。こっちに情報が漏れてるんでしょ？その時点で、暗殺計画なんて中止にすると思わない？」

「万が一、という可能性があります」

「ないない。……っていうか、万が一に怯（おび）えてこの大会を中止するほうが有り得ないよ。暗道（あんどう）グループにビビッて逃げるなんて、光郷（こうごう）グループの人間として有り得ないから」

そうだろうな……。

「けど、あんたが来た理由は分かったよ。私に注意を促してくれてるんだ？」

「ええ。色々な意味で」

「ふ～ん」

光郷マオが立ち上がり、まるで試すようにこちらへと近づこうとする。

「おやめください」

が、それを小早川が止めた。

「別によくない？　初めて会う弟の顔を近くで見たいだけなんだけど？」

「余計な仕事を増やさないでほしいのですが？」

「はいはい、分かったよ」

結局、光郷マオはこちらへ近づくことはなく、ソファーへと腰を下ろした。

「とりあえず、事情は分かった。ただ、言った通り大会は中止にしない」

「分かりました。でしたら、我々もマオ様の警護にあたっても？」

「あんたが？　もっと他にやることあんじゃないの？」

「そうですね……。確かに、何かしらの障害が発生した場合は、全力で処分させていただくとは思いますが、余計なことさえされなければ、こちらから手を出すことはないでしょう」

「へぇ……。やけに意味深じゃん」

「ええ。優秀な人材が揃っていますので。マオさんが隠していることも知っていると思っていただけると幸いです」

「なるほどね」

「貴様、余計なことをすれば……」

背後に立つ小早川が一歩前へと踏み出し、静かに背中へと手を回した。

なので、俺は敵意がないことを示すために、両手を上げる。

「ご安心を。今は、何もするつもりはないので」

その動作で、小早川もひとまずは納得したのか、再び元の位置へと戻る。

だが、警戒は解いていないようで、室内にはどこかピリついた空気が流れ始めた。

「それで、どうでしょう？　我々にマオ様の警護をさせていただけないでしょうか？」

「いらない。見ての通り、いっぱいいるから。邪魔なくらいに」

光郷マオは少々苛立っているのか、履いているパンプスで床を叩いている。

「量より質ではないでしょうか？　我々であれば──」

「必要ないって言ってるでしょ」

これまでよりも強く、まるで踏みつけるかのように光郷マオがパンプスを床へ当てた。

「いきなりきた弟なんて、信頼できない。私が信頼してるのは、お父様とあいつだけだから」

「あいつ？」

「吉川リュウ。私と一緒に、タクティクス・シャトラを開発した人間だよ」

その名は知っている。

今でこそ、多くのスタッフの手によって運営されているタクティクス・シャトラだが、ゲームシステムを開発したのは、たった二人の人間。それが、光郷マオと吉川リュウ。

この二人が、児童養護施設で出会い、長い年月をかけてタクティクス・シャトラを作った。

そして、光郷マオはヤスタカ様の養子となった後に、吉川と共にSPLENDORを立ち上げて、サービスを開始した。

「そんな人がいるなら、是非お会いしてみたいですね。今は、どちらに？」

「教えるわけないでしょ。それで、余計なことに利用されたら厄介だしね」

光郷マオが、不敵な笑みを浮かべた。

「残念です。もしよければ、優秀な護衛を何名か紹介しようかと……」

「必要ないよ。自由に動けないくらい、たっぷりつけてあるから」

当然の判断だな……。

「マオ様、そろそろ……」

「ああ、もうすぐか。じゃあ、シノ君、話すのはここまで。折角来てくれたんだから、思いっきり楽しんでいってよ。来てくれた人も楽しめるイベントを用意してあるからさ」

「分かりました」

最後にそう言葉を交わすと、俺達は光郷マオの部屋から退室し、再び警備員に案内される形で、イベント会場へと戻っていった。

「ねぇ、シノ……」

「ああ。俺なりにできることはやったつもりだが……あとは、向こう次第だろうな」

果たして、今の会話に意味があったのかなかったのか、それはこれから分かるだろう。

だからこそ、俺は俺でやるべきことをやるだけだ。

…………

……

――一五時四五分。

いよいよタクティクス・シャトラの大会は始まり、会場の中央に設置されたモニターでは、多くのプレイヤーが激しい戦いを繰り広げていた。

ただし、出場しているプレイヤーは、二位のプレイヤーまで。一位は出場していない。

なぜなら、一位のプレイヤーである『デビルキング』は開発者である光郷（こうごう）マオだからだ。

これは、タクティクス・シャトラのプレイヤーであれば、誰もが知っていることであり、この大会の優勝者が、最終的にエキシビションマッチとしてデビルキングと試合を行う。

今のところ、特に違和感なく大会は進行しているが、気になる点が一つ。

それは……

「よっしゃぁぁぁぁぁ!!　これで、準決勝だ！」

ステージの上で、試合に勝利したプレイヤーが活気溢れるガッツポーズを決める。

その人物は、つい先程出会った……コウだ。

タクティクス・シャトラをやっていることは知っていたが、まさかここまでのプレイヤーだったとは。以前、連戦連敗をしたと聞いていたのだが……。

「おめでとうございます。次の試合も頑張って下さいね」

「うす！　いやぁ、一週間前の連敗がマジで効きましたね！」

どうやら、その時の敗北を糧に強くなったようだな。

さて、あと少しで決勝戦だ。恐らくだが、仕掛けてくるとしたらそのタイミングだ。

可能であれば、もう一度光郷マオとコンタクトを取りたいが、さすがにもう無理だろうな。

「おい、シノ！　見てくれたか⁉　俺の華麗なる勝利を！」

試合を終えたコウが、意気揚々と俺の下へとやってきた。

「って、あれ？　鳳さんは？」

「用事があるということで、別の場所へ行っているな」

「マジかよ！　折角、褒めてもらいたかったのに！」

すまないな。これ以上、コウとエマ（母さん）を交流させると、最強の男が命を奪いにやってくる可能性があるんだ。俺なりに、君のためを想った行動だと思ってほしい。

「ま、いっか。で、どうだったよ、今の試合？　マジ圧勝だったろ？」

「うむ。俺にとって不都合極まりない、想定外の事態だ。早く負けてくれないか？」

コウが、俺達の戦闘に巻き込まれてしまうかもしれないからな。

「なんで、俺の不幸を望んでくるわけ!?　少しは褒めろよな！」

「よくやった。褒めてやろう」

「めっちゃ上から目線！」

…………

……


――一六時二〇分。

「あぁぁぁぁぁぁぁ!!　ちっくっしょぉぉぉぉぉぉ!!」

会場内に轟くコウの悲鳴、同時に沸き起こる歓声。

遂に行われたタクティクス・シャトラの準決勝戦では、コウともう一人のプレイヤーの激しい試合が行われ……最終的に、コウは敗れた。

「おめでとうございます、パナケイアさん！　ヤンガーブラザーKさんも頑張りましたね！」

「ありがとうございます、ギリギリでした！」

「はぁ……。折角、いいところまでいけたのに……」

満面の笑みを浮かべる一人のプレイヤーと、深くうなだれるコウ。

そんな二人に、司会とは別に近づく人物がいて……

「お疲れ様。二人とも、いい試合だったよ」

光郷マオが、落ち着いた笑みを浮かべながらそう言った。

「はい！　ありがとうございます！」

「あざす……」

分かりやすく対照的な反応を示す二人。最後に光郷マオは、軽く二人に手を振るとステージを降り、再び関係者口へと消えていった。

その様子を確認しながらも、俺は徐々に背後へと下がっていく。

恐らく、仕掛けてくるとしたらこの大会が最高潮に盛り上がる瞬間。

そのタイミングは、決勝戦を措いて他にないだろう。

だからこそ——

「ジノ～！　負けぢまったよぉ～！」

「なっ！　コ、コウ……」

しまった。これは、予想外の事態だぞ。まさか、コウが俺の所へやってくるとは！

「あとちょっとで勝てたのにさぁ～！　なんで、俺はいつもいいところで……」

「そ、そうか……。よく、俺がどこにいるか分かったな」

「はぁ？　どんなに人がいようが、俺がシノを見つけられないわけないだろ！」

決してそういった意図ではないと思うのだが、心なしか悪寒が走った。

まずい。これは、非常にまずいぞ。

まさか、これだけの人がいる中で、コウが的確に俺を発見するとは……。

彼は、俺達の世界とは無縁の一般人だ。

この戦いに巻き込むわけには……いや、それは相手も同じはずだ。

ならば、このままコウといれば……

「…………っ！」

即座にその場から、飛びのく。すると、俺が立っていた場所に小さな穴が一つ。

そこから、僅かに硝煙があがる。狙撃だ。

ちい！　コウといるにもかかわらず、攻撃を仕掛けてきたか！

「あれ？　どうしたんだ、シノ？　急に飛び跳ねて」

「今から始まる決勝戦に心が躍った」

「心と体の連動性が高すぎるだろ！　つか、決勝なんてどうでもいい！　俺、負けたし！」

「そうか。では、今すぐ帰れ」

「ひどっ！　お前、血も涙もないな！」

むしろ、血も涙もあるからこそ帰宅を勧めていると理解してもらいたい。

コウよ。お前にとって、ここは世界で一番危険な場所なんだ。

「それでは、決勝戦を開始します！」

司会の声と同時に、観客達から盛大な歓声があがる。

決勝戦に残った二人の選手がステージの上に立ち、より大きな拍手が生まれる。

その音で自らの足音を消して、こちらに向かってくる男が二名。確実に刺客だ。

「シノ、俺は友人として要求する！　ちゃんと慰めろ！　でないと絶交だからな！」

「落ち着け。そんなことをしていたら、現世と絶交する羽目になるぞ」

「意味分からんことを言うな！」

ダメだ。何とかこの場からコウを引き離したいが、それは叶いそうにない。

このままでは……いや、待て。コウは小柄な男で、身長は一五八センチほど。

それならば……

「分かった……。では、全力でお前を慰めてやろう」

「へ？　……どわっ！」

瞬間、俺は全力でコウの体を抱きしめた。

そして、左手で後頭部をつかみ俺の胸へと押しつける。

「ふっ！」

「がっ！」

そのまま空いている右手で、近づいてきた男の顎を貫き意識を奪う。

さらに背後からやってきた男には……

「光郷シノ、お前を――」

「ふん！」

「どわぁぁぁぁぁ！」

「ぐぎょ！」

全力でコウの体を振り回し、刺客へと衝突させる。

すると、見事にコウの踵が刺客の首にめり込み、吹き飛んでいった。

ふむ……。中々使い心地がいいな。バスター・オブ・コウと名付けよう。

『シノちゃん、狙撃手は仕留めたわ。そっちは大丈夫かしら？』

「問題ない。このまま継続する」

「問題しかないわ！　お前、何してくれちゃってるわけ⁉」

我が名剣が、体を解放すると同時に凄まじいクレームを告げてきた。

「慰めろと言われたので、俺なりに全力でやってみた結果なのだが？」

「間違えすぎだから！　いいか、慰めってのはもっと――」

む！　さらに新手か！　距離は五メートル、コウの背後からやってきている。

幸いにしてコウは存在に気づいていないが、今の状況からではバスター・オブ・コウを抜刀する時間はない。ならば……

「おい！　聞いてんのか、シノ！　もっと、別の慰めを……」

「これでどうだっ！」

「ぎぃぃぃぃぃやぁぁぁぁぁ!!」

コウの両脇を掴み、そのまま腕力の限り全力で上へと放り投げる。

少々力を込め過ぎたのか、軽く五メートルほど宙に浮いてしまっているが、問題ない。

決勝戦に熱狂してはしゃいでいる観客だと思ってもらえるだろう。

それよりも、俺がすべきことは……

「………ちっ」

刺客が所持していた拳銃をかまえるが、発砲はしない。いや、できないのだ。

なにせ、俺の周囲には一般人が多数いる。もしも外して、そちらに命中した場合、向こうとしても不都合極まりない事態が起きる。……だが、俺の武器は違う。

「寝てろ」

「……ぴょ！」

内ポケットに仕込んでいた警棒型テイザー銃を放つ。

つい先日、新たな改良が加えられた警棒型テイザー銃、チヨちゃんスペシャルマークⅡ。

数字の部分がローマ数字なのは、本人のこだわりだそうだ。

それは見事に命中し、激しい電流を流された刺客は、その場で痙攣して動かなくなった。

「死ぬ！　これ、死ぬぅぅぅぅぅぅ!!　……びゃっ！」

そして、宙の旅から戻ってきたコウを、華麗にキャッチする。

俗に言う、お姫様抱っこの形になってしまっているが、特に誰も見ていないので問題ない。

「どうだ？　元気になったか？」

「なったよ！　生存本能が暴走してな！　だから、何してくれてんだっつうの！」

「高い高いをすれば慰めになると思ってな……。どうやら、上手くいったようだ」

「上手くいってないから！　さっさと下ろせ！」

むぅ……。いざという時のために、バスター・オブ・コウをいつでも抜刀できる状態にしておきたかったのだが、本人が望まないのであればやめておくべきか。

『シノちゃん、こっちでもう一人仕留めたわ。……そっちは、どんな感じかしら？』

「あまり良い状況ではない。少々予想外の事態が発生してな」

「予想通りだったら、俺はどんなリアクションをしてたわけ⁉」

理想を言えば、突如として浮遊していたのだから、恐怖のあまり意識を失ってもらえるとありがたかった。……主に、コウ自身の身の安全のために。

しかし、どうしたものか。このまま、コウがそばにいると……

「はぁ……。分かったよ。とりあえず、お前から離れればいいわけな？」

「いいのか？」

「いいよ。シノって、わけ分からんことはしまくるけど、意味のないことはしないし」

「…………コウ」

「ま、何をしてるか知らんけど、頑張れよ！　俺みたいに負けるな！」

「感謝する。……俺の頼みで、準決勝をできる限り長く戦ってくれたこともな」

「へへへっ！　んじゃ、またラーメンな？　ちょっと遠出したとこにある、ラーメン研究棟って場所があってさ、一緒に行こうぜ！」

「ああ。約束する」

やはり、俺は友人に恵まれているな……。

…………


……


「さぁさぁさぁ、大分膠着（こうちゃく）状態が続いていますが、戦局は動くのでしょ……おーっと！　ここで、パナケイアのイージスが動いたぁ！」

司会の声が会場に響く。決勝戦も中盤戦。互いに譲らぬ一進一退の攻防戦を繰り広げているためか、試合が長引いている。俺にとって、好都合な展開だ。

戦闘が始まる前に入手した情報によると、ここにいる刺客の数は全部で一三名。

母さんと俺の仕留めた刺客の数を合わせると、残りは八名になる。

「さっきは世話になったたな」

正面に立つのは、先程俺達を案内した警備員。

だが、俺の顔を見るなり即座に表情を変えて、攻撃を仕掛けてきた。

「……ぐっ！」

が、残念ながら、こちらのほうが早い。

チヨちゃんスペシャルマークⅡを押し当てて、一気に電流を流してやった。残り七名。

「これより突入する」

端的に母さんへ報告をするが、返事はない。向こうも、戦闘をしているのかもしれない。

扉を開け、一気に駆け出す。すると、正面から一人の男が現われた。

「………ぎゃっ！」

即座にテイザー銃で攻撃。男は意識を失った。

そのまま、男が現われたであろうドアを開くと、

「随分、乱暴に入ってくるじゃん」

俺がやってきたことに、まるで驚きを示さずに光郷マオが冷静にそう告げた。

室内に設置されたソファーに悠々と腰を下ろして、俺を見つめている。

「そこまでの余裕を見せられる状況ではないと思うが？」

「君が私の所に来るのが、勝利条件じゃないでしょ？」

「確かにそうだな。だが、俺達はすでに勝利条件を満たしているも同然だ」

「……へぇ」

「マオ様、お下がり下さい」

二歩前、光郷マオを守るように、背後に立っていた男が拳銃を構えて移動した。

先程、俺達がここを訪れた際にエマ（母さん）を訝し気に見ていた男だ。

相変わらず、サングラスをかけて素顔を隠しているようだが……

「そろそろ、顔を見せたらどうだ？　……隠者」

「……ちっ」

不愉快な舌打ちを漏らし、空いている手でサングラスを外す。

すると、そこには俺の予想通りの顔が現われた。

「消息不明になったと聞いていたから、心配していたぞ」

「どの口が……」

暗道グループに潜入し、機密情報を入手することはできたが、その後に正体が暴かれて消息不明となった諜報員……隠者。

当初の予定では、レーヴェスシー内で俺達は隠者と合流し、その情報を得る予定だったが、消息不明となってしまったため、残したUSBを回収する方向へ任務は変更された。

だが、そのUSB内に記されていた暗殺計画は、俺をおびき出すための偽りの情報。

そうなれば、必然的に敵が誰であったかは見えてくる。

「お前は、いったい何をやっている？」

苛立（いらだ）ちを露（あら）わにしながら、隠者（ハーミット）が俺へと問いかける。

「なぜ、お前が直接動く？　お前には、盾（イージス）や調色板（パレット）がいるだろう？」

「生憎（あいにく）と、別の任務（ミッション）をこなしていてな」

「ふざけるな。お前は光郷（こうごう）グループの後継者なのだぞ？　別の任務（ミッション）があろうと、自らの身を危険に晒（さら）す必要がどこにある？」

「その質問に、答える理由はない」

「ちっ……。やはり、お前は相応（ふさわ）しくない。光郷（こうごう）グループには――」

「相応（ふさわ）しくないのは、あんたでしょ」

「なんだと？」

雇い主への態度とは思えない口調で、隠者（ハーミット）が光郷（こうごう）マオをにらみつけた。

「こいつが動いてる理由を聞いてる時点で、あんたは二流だよ」

まさか、光郷（こうごう）マオは……。

「どういうことだ？」

「簡単だよ。こいつは、動いても問題のない存在だってこと」

「は？」

困惑する隠者（ハーミット）に対して、「ここまで言っても、まだ分からないんだ」と呆（あき）れたように言葉を漏らした。驚いたな。そこまで気づいているとは……。

「もういいや。……あんた、名前と仕事内容は？」

すでに隠者に対して何も期待していないのか、光郷マオの視線が俺をとらえる。

全てを見透かすような眼差しで見つめられ、俺は思わず言葉に詰まってしまった。

やはり、ヤスタカ様の養子は優秀な人材が多いのだな。

「久溜間道シノ。主な仕事内容は、……後継者の護衛だ」

「……は？　護衛、だと？　……っ！　それは、つまり……っ！」

その言葉を聞いて、ようやく俺の正体に気がついたのか、隠者が分かりやすく困惑を示す。

「私は光郷マオ。今後とも、よろしくね」

「ああ。情報提供に感謝する」

この会場にいる刺客の人数を、パンプスを叩くという形で伝えてくれたからな。

人数がどれだけいるかが分かるのと分からないのでは、段違いだ。

「待て！　まさか、お前達は……」

敵対しているとは思えない態度で会話をする俺と光郷マオに、隠者の顔が歪んでいく。

そうだ。俺達は、もう全てを知っている。今回の、偽りの暗殺計画の真実を。

「ああ。そうだ……」

「俺達と光郷マオは、敵対関係にない。……なにせ、彼女は脅迫されていたのだからな」

最初から、光郷マオは俺に対して殺意を抱いていなかったのだ。

それでも、彼女が俺の暗殺計画を実行しているかのように見せていたのは、脅されていたからだ。……彼女の裏側にいる、本当の敵によって。

「隠者、お前の雇い主は光郷マオではなく、暗道グループだな？」

「……ぐっ！　そこまで知られているなら……」

瞬間、隠者の動きに変化が起きた。

俺に構えていた拳銃の先を……光郷マオへと変化させた。

そして——

「おっせぇんだよ！」

「…………ぽっ！」

が、隠者は間に合わなかった。

拳銃の引き金を引くよりも先に、光郷マオが動いたからだ。

これまでの鬱憤をはらすかのような乱暴な言葉遣いと共に、はいていたパンプスの先端を、隠者の局部に突き刺した。

予想外の衝撃に、体をくの字にまげる隠者。その隙を逃さずに俺は、所持していた警棒型のテイザー銃の先端を押し当てて電流を流した。

「がっ！」

それが、完全にとどめになった。想定外の二つの衝撃に見舞われた隠者(ハーミット)は、情けなくもその場に崩れ落ちていった。だが、意識は失っていないようで……

「な、なじぇだ……。なじぇ、お前達が通じてる？　仮に失敗しても、光郷(こうごう)マオの命は……」

「生憎(あいにく)と、俺は一人で行動しているわけではないのでな」

光郷(こうごう)マオの暗殺計画。それは偽りであり、真実の計画だった。

なにせ、仮にその計画が成功していたとしても、失敗していたとしても、彼女は命を奪われている予定だったのだから。

「助かった。そちらの攻撃のおかげで、事が早く済ませられた」

「むかつく男は玉砕一択。妹(ユキ)にも、そう教えてあるからね。姉として、実行しないと」

心なしか、他人事(ひとごと)ではないような気がするが、今は気にしないでおこう。

「ところで、勝利条件を満たしたって伝えたってことは、……もう、大丈夫なんだよね？」

まだ確信には至れていないのか、光郷(こうごう)マオが瞳に不安を映し、俺へ尋ねる。

「ああ」

「ありがと……。……分かってくれて、本当に助かった」

「俺ではなく、彼女に伝えてやってくれ。俺達は、気づいていなかったんだ」

「そっか……」

ゲーム大会を利用した、今回の暗殺計画。その裏に隠されていた真実。
そこに辿り着いたのは、俺達久溜間道家ではない。
まだ諜報員になったばかりの、ついこないだまで一般人だった……

「ありがとう。……エチタッグ」

鳳エマが、真実に辿り着いたんだ。

——少し、時を戻そうか……。

——日曜日。一四時三五分。

私——鳳(おおとり)エマは、ユキちゃんと一緒にシノのお家(うち)を訪れていた。

だけど、ここにシノはいない。シノだけじゃなくて、イズナさんもダンさんもだ。

「シノ兄、見つけたよ。イベント会場の警備員の中に三人。巡回してる人、ステージ横の人、それにスタッフ・関係者口にいる人」

お部屋の中で、チヨちゃんの静かな声が響く。

今日、光郷(こうごう)スマイルホールでは、タクティクス・シャトラの大会が行われる。

そして、そこでマオさんの暗殺計画が企てられているんだけど……それは嘘(うそ)。

マオさんは、シノをおびき寄せて殺すつもりなんだ。

「…………」

結局、私は何にも答えを出せなかった。

もしかしたら、マオさんはシノを暗殺しようとなんてしてないとも思ったけど、目の前に広がる沢山のモニターには、何人も怖い人達が映ってる。

やっぱり、本当なんだ。本当に、マオさんは……

「エマ、大丈夫よ。もし、変な奴がきても私がやっつけてあげるから！」

「うん。ありがと、ユキちゃん……」

私とユキちゃんがシノのお家にいるのは、自分達の安全のため。

もしかしたら、シノ達が移動した隙を狙って、悪い人達が私を狙うかもしれないから、安全なシノのお家に避難しておくように言われたんだ。

シノのお家ってすごいんだよ。一見すると、ただの床にしか見えなかったのに、そこには隠し扉があって、地下室に続いてたの。

ここならミサイルを撃ち込まれても大丈夫って、シノは言ってたけど、わざわざお家にミサイルを撃ち込んでくる人なんているのかな？

「ねぇ、チヨちゃん。やっぱり、マオさんは悪い人なんだよね？」

「うん。私達にとってはね」

だよね……。でも、やっぱり不思議で仕方がない。

私が会ったマオさんは、ちょっと変なところもあるけど優しい人で、ゲームが大好きで仕方がない人だった。あんな人が、光郷グループを継ぐためにシノを殺そうとするなんて……。

――エマ、少し悲しい話なんだけどね、この世界には嘘つきが沢山いるの。そして、その嘘つきは大抵いい人のふりがすごく上手。弱いふりをして、良い人のふりをして、私達のことを騙して罠にはめようとしてくる。私達のいる世界は、そういう世界なんだ。

ふと、思い出したのはリンちゃんの言葉。

もし、あの言葉が本当だとしたら、マオさんはどうなるの？

マオさんは良い人のふりをしなかった。むしろ、堂々とシノを殺すって言ってて、自分を悪い人だってアピールしているみたいで……

『すみません。光郷マオさんにお会いしたいのですが、よろしいでしょうか？』

お部屋にシノの声が響いたから、画面を確認する。

イベント会場にいるスタッフさんに、声をかけているみたい。

「えっと、チヨちゃん。シノは、何を……」

「光郷マオに直接会いに行くの。牽制の意味も込めてね」

「え！　それ、大丈夫なの!?　だって、シノは今……」

私は、イベント会場にいない。だけど、イベント会場にはいるんだ。

私の姿をしたイズナさんが。

マオさんと私は会ったことがあるんだし、もしも私の正体がシノの恋人って知ったら……

「問題ないよ。ほら、どうせ最初から向こうは私達の正体を知ってたわけだし」

「そ、そっか……」

「エマ、どうしたの？　マァ姉のことで、何か気になることがあるの？」

「う、ううん！　何でもない！」

マァ姉。それがユキちゃんのマオさんの呼び方だ。

まだユキちゃんが、光郷ヤスタカさんの養子だった時、年が近かったってのもあって、マオさんと結構お話することがあったんだって。

『よく来たね、シノ君。……こうして会うのは、初めてだね』

「…………っ！」

そんなことを考えている間に、あっという間に時間は経っていく。

ついに、シノと私の姿をしたイズナさんが、マオさんと出会った。

そこには、マオさんのお家に遊びに行った時にいた、小早川さんと樫山さんもいる。

『はじめまして、マオさん。……姉さんとお呼びしても？』

『やめてよ。いきなり、こんなでかい弟ができても困るから』

まだ、何も反応はない。マオさんは、シノのほうにしか興味がないのかな？

『わざわざ来てくれて嬉しいよ。……ちなみに、隣の子は？』

『俺の恋人の鳳エマです』

『は、はじめまして！　鳳エマです！』

『ふ～ん……』

画面に映るマオさんは、どこかつまらなそうな表情で、ジッと私の姿をしたイズナさんを見つめている。どう思ったんだろう？　前と格好が違うから、変に思ってたり……

来ないでって言われたのに来ちゃったから、実はすごく怒ってて……
『はじめまして、エマさん。光郷マオだよ、よろしくね』
「「え⁉」」
思わず、チヨちゃんと一緒に声を漏らしてしまった。
どうして？　どうして、マオさんは『はじめまして』って言うの？
違うじゃん！　私とマオさんは、一週間前に会ってるはずなのに……
「チヨちゃん、これ、どういうこと⁉　どうして、マオさんは……」
「私も分かんないよ！」
私とチヨちゃんは、マオさんに会いに行った時、いつもと違う姿に変装してた。
けど、マオさんは私達の正体を見抜いていた。
だから、私達の本当の姿も知ってるはずなんだ。なのに、どうして？
『はじめまして？　いや、どこかで……』
マオさんの後ろにいる小早川さんが、私の姿をしたイズナさんを見て怪しんでる。
そうだよね。いくら変装していたとはいえ、似てる部分はあるし……。
『小早川、今は私がしゃべってるんだけど？』
『私の発言が、禁止されているわけではないでしょう？』
『禁止したら、しゃべらなくなるわけ？』

『さぁ？　試してみては？』

『……ちっ』

相変わらず、マオさんと小早川さんはあんまり仲が良くないみたいだ。

だけど、その会話があったからか、小早川さんはそれ以上私を気にしなくなった。

「もしかして、今のって……」

「どうしたの、エマさん？」

「う、ううん！　何でもないよ！」

マオさん、隠してくれてる？

こないだ、自分の家に来た『雪野ミライ』が『鳳エマ』だってことを……。

『で、何の用？』

『今すぐ、大会を中止にして下さい。もしくは、マオさんだけでもこの会場から退去していただけると幸いです』

私達が狼狽えてる間にも、マオさんとシノの話は進んでいく。

まるで、そこにいる私の姿なんて存在しないように……。

考えて！　どうして、マオさんは私を知らないふりをしているの？

「う～ん。これは、珍しい光景ね……」

マオさんの考えがこれっぽっちも分からないまま狼狽えているとユキちゃんが、画面を見ながら少し感心した声を出した。

「ユキちゃん、どういうこと？　珍しいって……」

「マァ姉が、すぐそばにボディガードをおいてるのって初めて見るから。マァ姉って、ものすごく人見知りするから、たとえ課報員でもそばにおきたがらないのよ」

「え！」

待って、どういうこと⁉

「でも、マオさんのお家には沢山のボディガードの人がいるんじゃゃ……」

「え〜？　いないよぉ。っていうか、マァ姉が住んでるのってマンションだよ。タクティクス・シャトラで当てた後に、マンションを丸ごと一つ建てて、全部自分の部屋にしたの。それで、毎日住む場所を変えてて……」

「そんなのおかしいよ！」

「へ？」

私とチヨちゃんがマオさんと会ったのは、ものすごい豪邸だった。

なのに、どうしてユキちゃんはこんなお話を？

もしかして、ユキちゃんが光郷グループを勘当された後にお引越しを……違う。

ちゃんと思い出して！　あの時のことを！

——全然いいよ。むさい男に囲まれてイライラしてたからね。可愛い子は大歓迎。

――別に逃げやしないんだから、一人にしてほしいんだけど……。

そうだ。マオさんは、私達が会いに行った時も周りにいる人を嫌がっていた。

それに、逃げないから一人にしてほしいって……そんなこと、言うかな？

もし言うとしたら、その相手は……

「エマさん？」

「ちょっと待って、チヨちゃん！　もしかして、もしかしてなんだけど……」

それに、他にも変なところがあった。

あの時、マオさんは私達に飲み物を用意してくれた。

だけど、それには時間がかかってて……

――待っててね。今、飲み物を用意するから。えっと、飲み物は……。

まるで、その家のことを詳しく知らないような素振り。

あれは、もしかしたらそういうメッセージだったのかもしれない。

本当は、自分が暮らしている場所はここじゃない。

あそこは……

「チヨちゃん、マオさんって本当は監視されてるんじゃないかな……」

マオさんを閉じ込めるための場所かもしれない。

「え？　えぇぇぇぇ！　そ、それ、どういうこと⁉」

「だって、変だもん！　私と会ったことがあるのに『はじめまして』って言ってて、マンションに住んでたはずなのに、大きなお家に住んでるんだよ？」

「いや、それだけで決めつけるのは……」

『けど、あんたが来た理由は分かったよ。私に注意を促してくれてるんだ？』

『ええ。色々な意味で』

『ふ～ん』

その時、マオさんが立ち上がってシノに近づこうとした。

だけど……

『おやめください』

『別によくない？　初めて会う弟の顔を近くで見たいだけなんだけど？』

『余計な仕事を増やさないでほしいのですが？』

『はいはい、分かったよ』

それを小早川さんに止められて、結局元の場所へと座り直している。

「ほら、やっぱり変だよ！　あの小早川さんって人、ずっとマオさんの邪魔してる！　マオさんが何かしようとすると口を挟んでて……」

まるで、行動を制限しているみたいだ。

「だとしても、どうして？　光郷マオは、シノ兄を殺そうとしてるじゃん」

「うっ！」

その通りだ……。もし私の考えがあってたとしても、マオさんはシノを殺そうとしてる。だけど、今の状況は絶対に変。だから、まだあるはずなんだ。

私の気づいていない何かが……

——一人頼りになる奴がいてさ。マァと同じ施設で育った奴なんだけど、そいつのフォローがあったからタクシャはできたわけ。

「あっ！」

もしかしたら、私の考え違いかもしれない。

でも、少し前の私とユキちゃんもそうだった……。

シノのことを殺そうとはしなかったけど、ミライを……大切な人を助けるために、引き継ぐ遺産を奪おうとしてた。もしかしたら、マオさんも……

「ユキちゃん！　マオさんって、仲の良い人……大事な人っていなかった⁉」

「え？　ええっと……、一人いた、かなぁ？　マァ姉と……っていうか、私達と同じ児童養護施設……ブルーパディーの出身の人でね。吉川リュウって人なんだけど……」

「吉川……リ、リュウ⁉」

「うん……。ひどい喘息もちの人でね。こまめに薬をとらないと命にかかわるくらいの……」

「………ドラゴンだ」

タクティクス・シャトラでマオさんが一番気に入っているって言ってた兵士。

ドラゴン。ものすごく弱いんだけど、最後まで生きているとものすごい力を発揮する兵士。

イージスやパレットみたいに、やっぱりドラゴンにもモデルがいたんだ！

「シノ！　マオさんから吉川リュウさんについて聞いて！」

「わっ！　エマさん、急に何を……」

私は大慌てで、チヨちゃんの正面にあるマイクを握り締めてそう伝えた。

間違ってるかもしれない。だけど、可能性は零じゃない。

「もしかしたら、マオさんは脅されてシノの命を狙ってるかもしれないの！　少しでもいいから、何か情報を……お願い、シノ！」

『ええ。優秀な人材が揃っていますので。マオさんが隠していることも知っていると思っていただけると幸いです』

『なるほどね』

『貴様、余計なことをすれば……』

小早川さんが、ものすごくシノを警戒して鋭い目で睨みつけてる。

ごめんね、シノ……。間違ってるかもしれないのに……。

『いきなりきた弟なんて、信頼できない。私が信頼してるのは、お父様とあいつだけだから』

『あいつ？』

『吉川(よしかわ)リュウ。私と一緒に、タクティクス・シャトラを開発した人間だよ』

出た！　ついに、マオさんからその言葉が出た！

その人が、マオさんにとって、絶対に助けたい大切な人なんだ！

「シノ！　吉川(よしかわ)さんがどこにいるか聞いて！」

「エマさん、ちょっと落ち着いて……」

「あっ！　ご、ごめん！」

いけない。つい熱が入って、チヨちゃんを押しのけちゃってた。

気をつけないと……。

『そんな人がいるなら、是非お会いしてみたいですね。今は、どちらに？』

『教えるわけないでしょ。それで、余計なことに利用されたら厄介だしね』

お願い、マオさん、教えて！　少しだけでいい！　少しでもヒントを……

『残念です。もしよければ、我々の優秀な護衛を何名か紹介しようかと……』

『必要ないよ。自由に動けないくらい、たっぷりつけてあるから』

「…………っ！」

その言葉が、シノに対して言った言葉じゃないことはすぐに分かった。

捕まってる……。吉川(よしかわ)さんは、自由に動けない……逃げられない場所に捕まってるんだ！

「だから、はじめましてって……」

マオさんは、気づいてる。今、自分の目の前にいる私が、私じゃないことに。

そして、それを私達に伝えるために、あえて『はじめまして』って言った。

ううん、今だけじゃない。マオさんは、今までずっと私にメッセージを伝えていた。

マオさんは、光郷家の遺産が欲しいんじゃない。光郷家の実権が欲しいんじゃない。


――エチも気が向いたら、ドラゴンを助けてあげてね。


吉川リュウさんを、助けてほしかったんだ！

「チヨちゃん、やっぱりそうだよ！　マオさんは、敵じゃない！　吉川さんって人を人質に取られて、命令をきかないといけないんだよ！」

「え？　えぇ～？　でも、それだとしても……」

「助けようよ！　吉川さんを！」

「けど、どこにいるの？」

「……あっ！」

そうだ……。吉川さんは、もしかしたら捕まっているのかもしれない。

だけど、私達は吉川さんがどこに捕まっているかは分からないんだ。

助けることなんて……ううん、そうじゃない。

マオさんは、今までずっと私達にメッセージを送ってた。

だとしたら、もう伝えてくれてるはずなんだ！　吉川さんの居場所を！

ちゃんと思い出していけば、きっと答えに辿り着ける！

――ありがと。でも、大会は配信もしてるから、よかったら見てみてよ。結構、いいプレイヤーも出てくるんだ。私のおススメは、四九位のホリホリ倉庫って奴。

「……あっ！　あぁぁぁぁ!!」

違うかもしれない。だけど、調べる方法はある！

「チヨちゃん、タクティクス・シャトラを起動して！」

「ここで、タクシャ!?　う、うん、分かった……」

私のお願いを聞いてくれて、チヨちゃんがパソコンでタクティクス・シャトラを起動する。

タクシャは、ランクがダイヤモンドになると、ランキング画面に名前が表示される。

だから……

「ランキングを確認してほしいの！　四九位……ううん、ランキングの中に『ホリホリ倉庫』って人はいる!?」

「えっと、『ホリホリ倉庫』は……う～ん、いないっぽいね。四九位どころか、ダイヤモンドランクのどこにもそんな人はいないよ」

あの時、シノも言ってた……。

私がただのデートだと思って一緒にいった、任務の時に……

——おすすめのスポットは、駐車場の従業員口から向かうことのできる倉庫区画だ。使用されていない区画があって、怪しげな取引や人質の拘束場所として非常に役に立つ。

「チヨちゃん、分かったよ！　吉川さんのいる場所が！」

「え！　マジで⁉」

「うん！　吉川さんのいる場所は……」

マオさんが、私達のことを最初から知っていて、『ホリホリ倉庫』ってメッセージを残したのだとしたら、それに該当する場所なんて一つしかない。

私にとって、ちょっと苦い思い出のある場所。

シノと一緒にデートをして、チヨちゃんと今回の任務をやるきっかけを作った……

「ポートシティ岩堀プラザの倉庫だよ！」

◇

——一六時二〇分。

「はぁ……。はぁ……。どうしよう、時間がかなり……」

大急ぎで準備をした私達だったけど、それでもやっぱり時間がかかっちゃって、ポートシテイ岩堀プラザに到着する時間がかなり遅れちゃった。

もうタクティクス・シャトラの大会は始まっちゃってて、今は準決勝が終わったところ。

もしも、マオさんが命令通りにシノを暗殺するとしたら、大会が一番盛り上がってる時……

つまり、決勝戦のタイミングを狙って行動するはずだ。

だから、それまでに吉川さんを助けないと！

「エマさん、本当にいるの？　もしかしたら、ただの勘違いかも……」

「絶対にいる！　吉川さんは、絶対ここに……」

「エ、エマ！　もしもの時は、すぐに逃げるのよ！　いい？　危ないことは……」

一緒に来てくれたのは、チヨちゃんとユキちゃん。

それぞれ、もしもの時のためにチヨちゃんから武器を貸してもらったけど……

「っていうか、いたとしても私達じゃ……」

「うっ！　だとしても、他に動ける人がいないなら、やるしかないよ！」

一番の不安は、そこだ。

私もチヨちゃんもユキちゃんも、戦うことは得意じゃない。

ううん、それどころかまるっきり経験のない素人だ。

だから、もしも吉川さんを見つけられたとしても、刺客の人がいたら……

「うまくやれば、一人くらいならやっつけられるかもでしょ？　だから、行こっ！」

「うん……」

　私達は通常の入場口からではなく、駐車場からポートシティ岩堀プラザに入った。

「チヨちゃん、倉庫ってこっちのほうなの？」

「うん。駐車場から従業員口に入って、そこから進めばすぐだよ」

　チヨちゃんが片手に持つノートパソコンには、ポートシティ岩堀プラザの地図が映っていた。

「もしも、吉川さんが捕まってるとしたら、この辺りだと思う。もう使われてない廃棄物をためておく場所。ここなら、他の従業員も使うことはないだろうからさ」

「分かった！」

　やっぱり、チヨちゃんはすごく頼りになる。

　私一人だったら、場所が分かったとしても何もできなかっただろうな。

　そうして、できる限り息を殺しながら従業員口に入って、ポートシティ岩堀プラザの倉庫を目指す。そして、チヨちゃんの指し示していた場所へ向かうと……

「………っ！　いた！　いたよ、チヨちゃん！」

　倉庫に置かれた大きめの台車の後ろから覗き込むと、一人の男の人が両手両足を拘束されて、身動きができない状態で捕まっていた。間違いない、あの人が吉川さんだ！

「エマさん、落ち着いて！　あんまり声を出すと……」

「あ、ご、ごめん！」

大慌てで口をふさぎながら、ごめんなさいを伝える。

そうだ。私達がここにいることは絶対に気づかれちゃダメ。

だって……

「まずいよ……。まさか、五人もいるなんて……」

そう。この倉庫には、私達以外に六人の男の人がいた。

一人が、倉庫内で両手両足を拘束されている男の人。痩せこけたほっぺには、今まで自由に動けなかったからか無精ひげが生えていて、肌は青白い。すごく具合が悪そうだ。

そして、残り五人が清掃員の服装をしているけど、ものすごく体格のいい人達。

あの人達の顔も覚えてる。私とチヨちゃんがマオさんのお家に行った時に、いた人達だ。

「ごほ！　ごほ！　マオ、ごめん……」

「調子悪そうだが、安心しろ。光郷マオがこの受け渡し場所に来たら、薬を渡してやる」

「……暗道め……」

そっか……。吉川さんは捕まってから、ずっとここにいたんじゃないんだ。

今までは別の場所で捕まってて、今日だけは連れてこられた。

マオさんがシノを殺すのに成功したら、解放してくれるってことなんだろう。

それに、マオさんを脅していた人の正体も分かった……。

前に少しだけ名前を聞いてた光郷グループのライバル……暗道グループの人達。

その人達が……

「やばいね……。このままだと、二人とも殺されるよ」

「え？」

そんな状況を確認しながら、チヨちゃんが小さく呟いた。

「あいつら、最初から解放する気なんてないんだよ。多分、どっちの結果になったとしてもマオ様も吉川さんも殺される。余計な情報は残したくないだろうからね……」

「でも、マオさんはここにいなくて……」

「イベント会場にいる刺客が殺すんだと思う。……どんな結果になろうとね」

「そんな……っ！」

だとしたら、絶対に助けないといけないじゃん！

けど、私達が立ち向かっても、敵う相手じゃない。いったい、どうしたら……

「エマ、いい案があるわ」

「え？　ユキちゃん？」

「私が囮になってあいつらを引き付けるから、その間に吉川さんを助けなさい」

「ど、どういうこと!?　そんなことしたら、ユキちゃんが……」

「冷静に考えなさい。もし、貴女やチヨちゃんが捕まったら、それこそシノ君達が困るでしょ？　でも、私ならそこまで問題にならない。ううん、むしろ光郷家の養子だったからってことで、何かしらの利用価値があると判断されて、生き残れる可能性がある。だから……」

「ダメだよ！　ユキちゃんがいなくなったら、私が困る！」

「平気よ。貴女（あなた）にはミライがいるじゃない。それに……腸（はらわた）が煮えくり返る程度にはしゃくだけど、シノ君もいるでしょ？」

「それが、ユキちゃんのいなくなっていい理由にならないよ！」

「だとしても、優先順位を考えなさい。今、一番困るのはなに？　このまま、マァ姉と吉川（よしかわ）さんが殺されちゃうことでしょ？」

そうだけど……。そうかもしれないけど……っ！

かといって、ユキちゃんがいなくなるのだって絶対にいやだ！

悔しい……。もしも、私にシノの半分でも戦える力があったら……。

「時間もないし、すぐに行動に移すわよ？　私が合図をしたら——」

「その必要はない」

「「～～～～っ!!」」

その時、私達三人は思わず声にならない悲鳴をあげた。

むしろ、声を出さなかったことを褒めてあげたいくらいだ。

だって、突然後ろから声がしたんだよ？　もしかしたら、見つかったのかもって……あれ？

この人は……

「パパ⁉」

「うむ。そうだ」

私達と同じように、体をかがめながら声をかけてきたのは、久溜間道ダンさん。

どうして、ダンさんがここに……

「なんで、パパがここにいるの⁉　今日はシノ兄達とは別で動くって……」

「それがこれだ」

「え？」

「想定外の事態が発生した際、お前達の支援をするようシノに頼まれた。それが、俺の任務だ」

つまり、シノは何か予定外のことが起きるのを分かってたってこと？

私達が、勝手に動き出すのを……。

「あの、もしかしてですけど――」

「して、どうする？　あの男を救出すればいいのか？」

うっ！　本当は聞きたいことがある。だけど、聞くのは今じゃないよね……。

「はい。マオさんは脅迫されてる状態なんです。あの人……吉川さんが人質にとられているのが原因で……。だから、助けたいんですけど……」

何となく複雑な気持ちになりながら、私はダンさんへ簡単に事情を伝えた。

「分かった。お前達はここで待機していろ。だが、もしもの時は援護を頼む」

「援護、ですか?」

「ああ。さすがに、人数が多いからな。苦戦する可能性が高い」

そうだ……。シノのお父さんはものすごく強いって話は聞いたことがあるけど、人数は向こうのほうがずっと多い。たった一人で、五人を相手にするなんてかなり難しい。

しかも、向こうには人質までいるんだもん。普通なら、絶対に勝てない状況だよ……。

「念のため装備を見直したほうが良いな。……ここに、つい先日俺とシノが考案・開発を一手に担った勝負下着なる、防弾性のブラ――」

「あ、結構です」

「……分かった」

私のことを心配してくれるのは嬉しいけど、それはちょっと違う。

今から下着を替えるのは、すごく恥ずかしいし……。

「では、早速行動を開始する。向こうもやり手だ。油断するなよ?」

「うん!」「はい!」「分かりました!」

私達三人の返事を聞くと、ダンさんはスーツの襟元を正して立ち上がって、隠れていた台車の裏から自分の体を出す。

当然だけど、吉川さんも含めた六人の男の人はダンさんの存在に気がついて……

「おい、お前は何をしている？」

あっという間に、警戒態勢に入った。

露骨に武器を見せるようなことはしていない。だけど、それぞれが背後に手を回したり、懐に手を入れて、いつでも戦えるような状態で——

「一般人の可能性も考慮し、まずは確認か……。良い判断だ」

「ぼぎゃ！」

「——が、その後の対処速度は遅すぎる」

あっという間に距離をつめたダンさんに、一人が殴り飛ばされた。

比喩とか、そういう意味じゃない。本当に、飛んだの……。

そして、そのまま天井に頭を思い切りぶつけて地面にたたきつけられた。

当たり前だけど、その人はもう動けそうになかった。

「大人しくなってもらうぞ。……俺の生姜焼きのために」

「は？　生姜焼……ごっ！」

突然の事態でも狼狽えず、残りの四人はすぐに武器を取り出した。

だけど、早いのはダンさんだ。残っていたうちの近くにいた人のお腹を思い切り蹴ると、その人は五メートルくらい先の壁に激突。もちろん、動けるわけがなかった。

あっ！　危ない！　三人が同時にダンさんに銃を撃った……って、嘘でしょ⁉

「一流は避(よ)ける。だが、超一流は……摑(つか)むものだ」

同時に三発。弾丸をあっさりと、その手で摑(つか)み取った。

そして、その摑(つか)んだ弾丸を相手に投げつけて目くらましに使って、その隙にあっという間に吉川(よしかわ)さんのそばまで移動。そのまま、首元を摑(つか)むと……

「離れてろ」

「ぎぃいいいぃやぁぁぁぁぁぁ!!」

吉川(よしかわ)さんが、まるでエアホッケーの円盤(パック)みたいに床を滑って距離を離された。

「構えてから撃つまでが遅い。狙うのであれば、対象が逃げる先を予測してだ」

「ふざ……ふぎぃ!」「ぎゃっ!」

残った三人のうち、一人の顔をわしづかみにすると、そのまま力任せに別の男の人にたたきつける。今度は二人が同時に吹っ飛ばされて、地面に倒れた瞬間にダンさんの両拳がそれぞれの顔面にめり込んだ。

「さて、残り一人だが、こちらから質問だ。そこの吉川(よしかわ)の薬は、誰が持っている? 先程、予定外の衝撃により病状が悪化しているので、早急に摂取させるべきだと思うが?」

それ、やったのダンさんじゃ……。

けど、あのままあそこにいたほうが危なかっただろうし……危なかったよね?

「お、お前。まさかイージ——」

「分かった。意識を奪ってから、探す」

「待て！　薬なら俺が……おごぉ！」

最後の一人は、お腹に思い切りダンさんの拳がめり込んで、体をくの字に曲げながら、空中で三回転程して地面に顔面から着地した。ものすごく痛そうだ。

「人間って、あんな飛ぶのね……」

「援護って、なんなんだろ……」

そんな様子を見ながら、ユキちゃんはどこか達観した表情を、チヨちゃんはげんなりとした表情を浮かべている。

「わ、わぁ～……」

シノから、ダンさんは超一流の諜報員って聞いていた。

それにしても………ちょっと、強すぎるんじゃないかな？

「これが……イージス、かぁ……」

タクティクス・シャトラで最強の兵士……イージス。

盤面を自由自在に動ける機動力に、圧倒的な攻撃力を誇るその兵士のモデルは、間違いなくダンさんだ。ゲームだし、少しオーバーな表現をしてるのかなって思ったけど……

「ゲームのほうが、控えめだったよ……」

まさか、現実がゲームを上回ってるなんて思わなかったな……。

「って、そうじゃなかった！」

いけない！

つい、ダンさんの凄さに驚いて茫然としちゃってたけど、もっと優先することがある。

いくら助けるためとはいえ、エアホッケーの円盤になっちゃった吉川さんの状態をちゃんと確認しないと！

「大丈夫ですか、吉川さん！」

「じ、じぬ……。だず、げて……」

何だか、さっきとは別の恐怖に震えてる気がする……。

「恐らく、これが薬だ」

そんな中、あっさりと刺客をやっつけたダンさんが、吉川さんの薬を持ってきてくれた。

だから、大急ぎで私はそれを吉川さんに手渡した。

…………

……

「これがイージス……。いや、マオが絶対に近づきたくないとか言うわけだよ……」

一〇分後、薬のおかげか少しだけ元気になった吉川さんが、まだ恐怖に震えた表情を浮かべながらそう言った。

「えっと、助けてくれてありがとう。ただ、俺よりもマオを……」

そうだ。急いで、シノに連絡をしないと！

このままだと、シノが悪い人と一緒にマオさんまでやっつけちゃうかもしれない！

「チヨちゃん、通信機を――」

「大丈夫だ。すでに、事情は全てシノに伝えてある」

「……え？」

ダンさんの言葉で、徐々に気持ちが落ち着いてきたのか、私は冷静さを取り戻した。

そうだ……。さっきは、急いで吉川さんを助けなくちゃいけなくて聞けなかったけど、私には確認しなくちゃいけないことがあったんだ。

もしかして、シノは……

「最初から、知ってたんですか？」

「知らないことのほうが多かったな。光郷マオは敵対関係にあると思っていたし、吉川が捕えられてることも、俺達はつかみ切れていなかった」

「なら、私とチヨちゃんが勝手に動いていたことは？」

「………想像に任せる」

やっぱりぃぃぃぃぃぃぃぃぃぃぃぃ!!

でも、そう考えるとちょっと納得できることもある。

先週まで、チヨちゃんと何度もネットカフェに行ってたことだ。いつもなら、絶対に一緒に帰ってくれたシノが、やけにあっさりと私を放課後に自由にしてくれて……ってことは……

「尾けてましたか？」

いつ！　いつから、シノは気づいてたの⁉

「俺は尾けていない。ただ、シノから頼まれたメッセージを手渡しただけだ」

「シノから頼まれたメッセージ？」

「一人で悩まないでホリ」

最初からじゃん！

私が、レーヴェスシーの失敗で落ち込んで、ポートシティ岩堀プラザに行った日、偶然出会ったチヨちゃんと一緒にクレープを食べてたら、突然ホリッ君が来た。

それで、メッセージの書いてあったステッカーを……あれ、ダンさんだったの⁉

けど、それなら尾けてないし……って、ほぼ尾けてるようなものだよ！

「分かりました……。ダンさんは尾けてなかったとして、シノは……」

「…………ネットカフェに行ったと言っていたな」

シノォオオオオオオオ‼　どうして、ちゃんと言ってくれないの⁉

そういえば、思い当たることがある！　最初は、すごくフレンドリーだった店員さんが、途中から急に私を見たら怯えるようになって……あれ、絶対にシノの仕業だ！

「シノぉ～……。また隠し事を……」

「シノ兄め……。だから、過保護すぎるってあれ程……」

「ふ、二人とも落ち着いて！　ほら、結果オーライでしょ？　結果オーライ！」

私とチヨちゃんが怒りに震えているのをみて、ユキちゃんが慌ててフォローを入れてくれる。

そんな中、ダンさんが小さく『イズナもいた日の話は、やめておくか』とつぶやいた。

「ところで、通信機が点灯しているがいいのか？」

ダンさんに言われて通信機を確認すると、確かに点灯していた。

誰からの通信かなんて、確認しなくても分かる。

『そちらはどうだ？』

必要最低限のシンプルな言葉。

本当は色々文句を言いたい。だけど、今私が伝えるべきことは……

「シノ、吉川さんを助けたよ！　だから、マオさんをお願い！」

『了解した。やはり、君は最高の相棒だな』

はぁ……。私って簡単な女だな……。

さっきまで、シノに対してちょっとムカムカしてたのに、こんな簡単な言葉で……

「ふふふ……。任せてよ！」

あっさりと、嬉しくなっちゃうんだもん。

タクティクス・シャトラの大会は無事に終了し、死者は誰一人として出なかった。

まったく……。暗殺計画があると思ったら、偽の暗殺計画で、それならば相応の対応を行おうとしたら、実は本物の暗殺計画が隠れていたとは……何ともややこしい任務だったな。

だが、今回も俺達は無事に乗り切ることができた。

だが、それには……

「シノ～！」

「シノ兄ぃ～！」

彼女達の力が、大きかっただろう。

大会を終え、参加者や来場者、そしてスタッフが去った後の光郷スマイルホールに響く、元気な二人の少女の声。それは、エマとチヨのものだ。

「二人ともよくやってくれた。本当に助かったぞ」

「ふふ……っ。ありがと！　でも、シノもちょっとひどいよ！　私に内緒で、こっそりついてきてたでしょ？」

「そこはお互い様としないか？　君も俺に隠し事をしていただろう？」

「うっ！　それはそうだけど……」

今回の任務（ミッション）、本来であればエマとチヨだけに任せるのは非常に抵抗があった。

もしものことが起きた時に、彼女達を守り切れない可能性があったからだ。

だが、今となってはその判断は正しかったと言える。

なにせ……

「マオ、ごめんな！　俺がドジを踏んで……」

「ほんと、それ」

「うっ！　少しは労（いたわ）ってくれても……」

「あんたのせいで、こっちはメチャクチャ苦労したから。私はどこにも属さないで、事態を静観してる予定だったのに、いの一番でこっちに付くことになるなんて……」

俺達は、光郷（こうごう）マオの協力を得られることになったのだから。

「エマ、チヨ、ありがとね。それと、ごめんね……。色々、怖いこと言っちゃって」

「大丈夫ですよ！　マオさんも必死だったんですよね！　吉川（よしかわ）さんを助けるために！」

「えっ！　あ、あぁ……まぁ、そう、だね……」

どこか照れ臭そうに、光郷（こうごう）マオが自らの頬を人差し指でかく。

「エマさん、そういうのは頭で考えても言わないほうがいいよぉ。マオ様、困ってるじゃん」

「え！　そうだったの!?　ごめんなさい！」

「ふふふ……。本当のことだし、いいよ。それと、チヨ。わざわざ様付けなんてしなくていいよ。その、できれば、マァって……」

「え？　いいんですか⁉」

「うん。そっちのほうが、嬉しい」

「分かりました！　これからもよろしくお願いします、マァさん！」

「あっ！　チヨちゃん、ずるい！　マオさん、私も！　私もマァさんって呼びたい！」

「うん。大歓迎だよ」

「やったぁ！」

今回の件で、光郷マオと深い友好関係を結んだのか、三人はお互いの顔を見合わせて上機嫌に笑いあっている。

なお、その様子を見ていた俺の隣には、七篠ユキがやってきて……

「見なさい、あれがエマの可愛さよ。エマのアルティメット可愛さは、どんなに凍てついた心をも溶かすのだから」

なぜか、凄まじいドヤ顔で俺へそう語っていた。

「さて、そろそろ撤収しようか。リュウも無事みたいだけど、一応病院に連れていきたいしね。……あ、そうだ。久溜間道シノ君」

「む？」

「分かっていると思うけど、私が気づいたってことは、他にも気づいている人はいるよ」

「……そうだな」

光郷マオの言葉を、俺は静かに肯定する。

今回、俺の正体を見抜いた光郷マオ。それは、一つの不安材料を生み出した。

光郷家の養子は優秀な人物が多い。つまり、他にもいる可能性が高いのだ。

俺が、偽の後継者であると気づいている養子が……。

「だが、問題はないさ」

「へぇ。なんで？」

「その危険性を遥かに上回る、頼れる味方が手に入ったからな」

「言うじゃん」

俺達だけであれば、この結末にはたどり着けなかっただろう。

恐らく、光郷マオの暗殺計画を偽物と断定し、ただ彼女を処理し、吉川も殺されていた。

その結末ではなく、リンにとって理想的な結末へ辿り着けたのは……

「やったね、エマさん！」

「だね、チヨちゃん！」

無邪気に笑う、二人の少女の力のおかげだ。

# エピローグ
# プレゼント

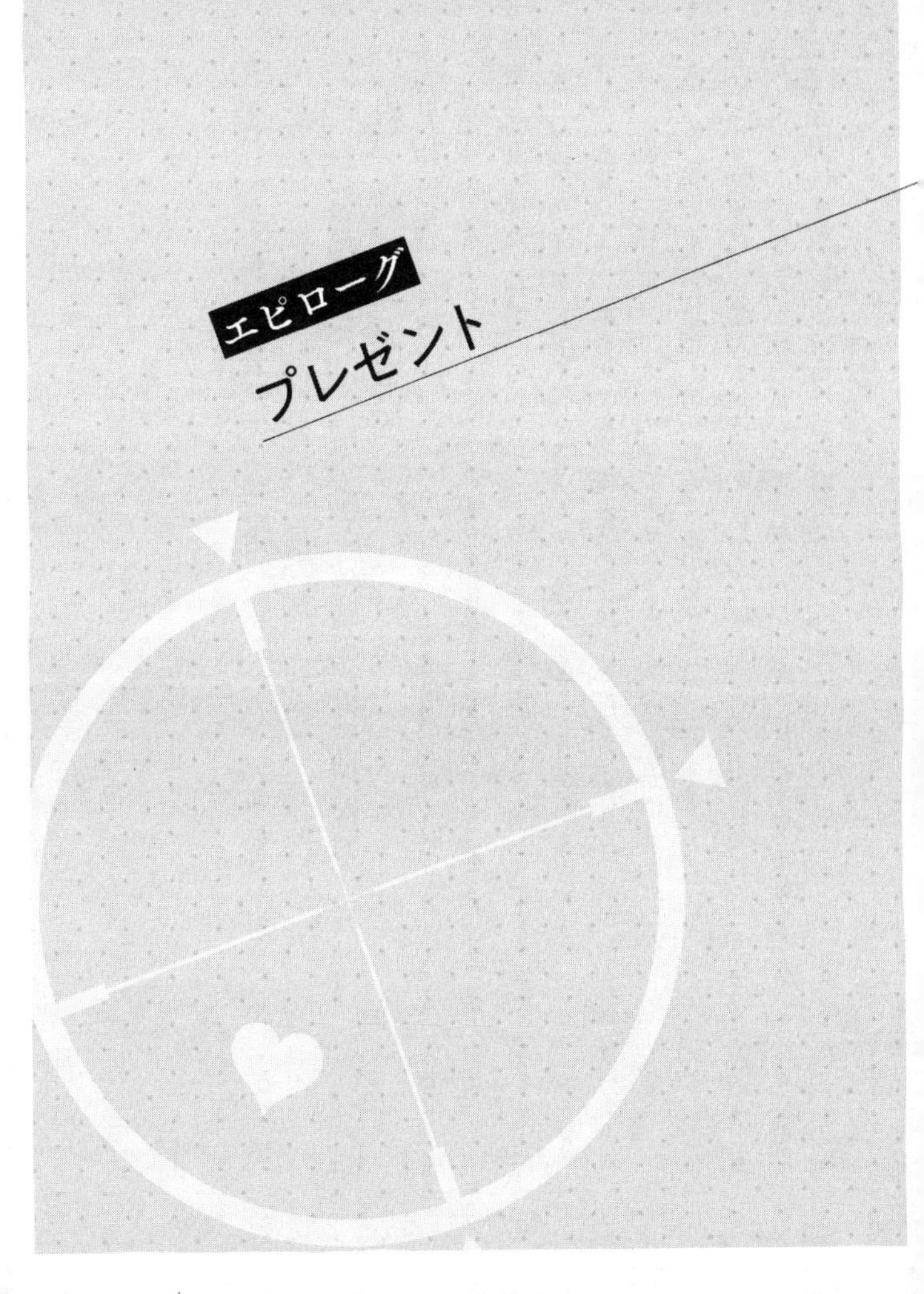

日曜日の大会を終えた翌日の朝、俺はエマのマンションの前で彼女が来るのを待っていた。

光郷マオは、今後こちらの派閥につき協力してくれることとなった。

だが、真の後継者が影山リンであるという情報を彼女は知らない。

これは、光郷マオからの提案だ。

『余計な情報は持たないほうがいい。もしも、また吉川が人質に取られたら、私から情報が漏れる可能性があるからね。私は、あくまでも君とエマを通して関わることにするよ』

自分自身の弱点を理解しているからか、敢えてリンの正体を知らないままに協力をする。

そんな提案をいとも容易く行えることが、彼女の頼もしさを示していた。

また、無事に全てが終わった後、俺と父さんは、それぞれエマとチヨから少しだけクレームを告げられた。理由は、二人に内緒でサポートをしていたのが、発覚したからだ。

ただし、母さんだけは何も言われることがなかった。

実は、エマとチヨが光郷マオを初めて訪ねた時に、あの中の課報員の一人に偽りの情報を告げて引き離し、母さんが成り代わっていたのだが、それには二人とも気づかなかったようだ。

やはり、母さんの変装技術は超一流だな。

「シノ、おはよっ！」

俺が到着した旨を告げるメッセージを送った三〇秒後、マンションからエマが現われた。

昨日の任務が上手くいったからか、笑顔が弾んでおり、どこか上機嫌な様子だ。

「今日もよろしくね！　じゃあ、行こっか！」

言葉と共に、俺の手を握ろうとするエマだが、俺はそれを避けた。

「……え？」

俺の行動が予想外だったのか、エマが目を丸くする。

だが、まだエマの手を摑むわけにはいかない。その資格が、自分にはないと思ったからだ。

「その、だな……。少し、君に大切な話があるんだ……」

「大切な話？」

俺は、諜報員としての常識が染み込み過ぎているため、何度も間違いを繰り返す。

だから、今回の行動も間違えているかもしれない。再び、彼女を傷つけるかもしれない。

それでも、ちゃんと伝えなくてはならない。自分の嘘偽りなき気持ちを……。

「俺は、君をもう守れないかもしれない」

「……っ！　それって、どういう……」

エマが、分かりやすく不安を瞳に映す。やはり、間違えてしまっただろうか？

いや、先程の決意を忘れるな。

「これまで、俺はできる限り君を危険から遠ざけてきた。君は、少し前まで一般人であったわけだし、戦闘訓練もまともに受けたことがない。いくら、君の意志で協力してくれているとはいえ、安全には配慮すべきだと考えて……」

「う、うん……」

「だが、それは俺の一方的な決めつけだ。確かに以前までは一般人ではあったが、今では俺と君は同じ課報員（エージェント）。対等な立場であるべきだと考えている」

「私達が、対等……」

「だからこそ、これからは危険な任務（ミッション）に、君を巻き込んでしまうかもしれない」

「それって、つまり……」

「ああ。これからの任務（ミッション）では、君の力を当てにしたいんだ」

今後、エマを任務（ミッション）から遠ざけるようなことはしない。

俺達は同じ課報員（エージェント）だ。だからこそ――

「もちろん、俺はこれからもできる限り君のことを守る。だが、その代わりに……」

「代わりに？」

「俺のことも、守ってくれないか？」

「～～～っ!!」

危険な任務（ミッション）に、彼女を巻き込むだけに飽き足らず、自分の身を守ってほしいなど、図々（ずうずう）しいにも程がある。それでも、俺は彼女の力に頼りたい。

今回の任務でも、固定観念に囚われた俺達とは異なる視点で、全体を見たエマの力は、非常に心強いものだから……。

「ダメ、か？」

「………」

エマは何も答えない。ただ、静かに俯いているだけだ。

もしかして、また怒らせてしまっただろうか？

今度こそ、本当に恋人関係の解消を――

「いいよ！　私が、シノを守ってあげる！」

そんな俺の不安は、エマの美しい笑顔で一瞬にして払拭された。

今までも、何度もエマの笑顔を見てきたつもりではあったが、なぜだかその笑顔はこれまでに見てきたエマの笑顔の中で、最も美しいと感じてしまった。

「だって、私もシノと同じ諜報員だもん！　だから、私はシノを守る！　でも、その代わりにシノも私のことを守ってね？」

「ああ、もちろんだ。それと……」

「……？」

「これを受け取ってもらえないか？」

「え！　これって……」

俺が、鞄(かばん)の中から取り出したもの。

それは以前任務(ミッション)で行ったレーヴェスシーで、エマへの謝礼として購入したプレゼントだ。

あの時は、彼女の機嫌を損ねて、渡しそびれてしまったからな。

「ベルフェゴール君のキーホルダーだ！　買っててくれたの!?」

「ああ。その、君が好きだと言っていたので……」

「ありがとう、シノ！　……大好き！」

「わっ！」

そう言うと、エマは感情のままに俺の腕を強く抱きしめた。

「すっごい嬉(うれ)しい！　任務(ミッション)のことも、このプレゼントも……だから……あっ！」

そこで、何かに気がついたのか、エマの顔がこれまでにない程赤くなる。

「あ、アレだからね！　大好きって言ったけど、それは——」

「ふっ。案ずるな。ちゃんと、分かっている。……本当に、君はテクニシャンだな」

どんな時でも、恋人として振る舞うためにやっているのだろう？

まったく、その任務(ミッション)に対する愚直な姿勢は俺も見習わなければならんな。

「……そだね」

はて？　なぜ、エマはこのような不満な表情を？

つい先程までは、非常に恋人らしい振る舞いが出来ていたと思うのだが……

「とりあえず、行こっか」

「そうだな。ところで……」

「なに？」

「今日は、この状態で学校へ向かうのか？」

普段は手を繋いで登校する俺達だが、今はエマが俺の腕を抱きしめる形になっている。

少々歩きづらい姿勢ではあるし、刺客に襲われた際は危険が伴うのだが……

「ちょっとだけ、このまま！　途中からは、いつも通り！」

「分かった。君の判断に従おう」

そうして、俺達は歩き始めた。

再び、偽りの恋人同士として……。

# あとがき

どうも、駱駝(らくだ)です。

去年の年末まで張り切っていた筋トレを、正月くらいは休もうと休憩したら、そのままやる気スイッチがオフになり、グデグデとしていたら大変なことになりました。

気がつけば筋肉は落ち、脂肪まみれのどうしようもない駱駝(らくだ)の完成です。

ただ、これまで筋トレに使っていた時間を駆使して、ふと目に留まった軌跡シリーズなるゲームをがっつりとエンジョイできたので、決して無駄な時間ではなかったでしょう。いくつかは英語版や中国語版しかなく、日本語しかできない私は涙を流す部分もありましたが。

ここ最近は、専らSTEAMでゲームをやっているので、何かおすすめのゲームなどありましたら、是非ご教授いただけますと幸いです。

――なんて、かなりどうでもいい私事ですね、失礼しました。

この度は、『やがてラブコメに至る暗殺者2』をご購入いただき、誠にありがとうございます。今回の物語において苦労した点は、そうですね……二章のデートシーンでしょうか。

遊園地なんて、もう一〇年以上も行っていなかったので、少しまずいなと思い、とある夢の国に詳しい知人に頼み込み、一緒に行きつつ取材なんてものをさせていただきました。

ただ、夢の国が夢の国すぎて、途中は取材とかすっかり忘れて楽しんでしまってはいたのですが、物語の中で何かしら活きていれば良いななんて思っています。

そんな私の経験談ですが、夢の国に行く時は歩くのに適した靴を履いていきましょう。

私は靴底が薄いスニーカーを履いていったら、後半になるにつれて足の裏に猛烈な疲労と痛みが走り、最終的にはフラフラになってしまいました。

夢を楽しむためにも、現実もしっかり見なくてはいけない。いい勉強になりました。

では、謝辞を。

『やがてラブコメに至る暗殺者2』を購入してくださった皆様、誠にありがとうございます。

私事まみれのあとがきで申し訳ありません。ネタが枯渇しているのです。

塩かずのこ様、今回もまた非常に素晴らしいイラストをありがとうございます。

特に、表紙のデザインが私は大好きで、チヨとエマの魅力をあんなにも表現していただけるとは、感謝の極みでございます。

担当編集の皆様、今回も尽力いただき誠にありがとうございます。

特に、とあるシーンでは実話込みのアドバイスなどもいただき、大変助かりました。

今後も、引き続きよろしくお願いいたします。

駱駝

## ◉駱駝著作リスト

「俺を好きなのはお前だけかよ①〜⑰」（電撃文庫）
「シャインポスト①〜③
ねえ知ってた？　私を絶対アイドルにするための、ごく普通で当たり前な、とびっきりの魔法」（同）
「やがてラブコメに至る暗殺者」（同）
「やがてラブコメに至る暗殺者2」（同）

**本書に対するご意見、ご感想をお寄せください。**

ファンレターあて先
〒102-8177　東京都千代田区富士見2-13-3
電撃文庫編集部
「駱駝先生」係
「塩かずのこ先生」係



本書は書き下ろしです。

電撃文庫

# やがてラブコメに至る暗殺者2

(いた あんさつしゃ)

らくだ
駱駝

2023年10月10日　初版発行

| | |
|---|---|
| 発行者 | 山下直久 |
| 発行 | 株式会社KADOKAWA<br>〒102-8177　東京都千代田区富士見2-13-3<br>0570-002-301（ナビダイヤル） |
| 装丁者 | 荻窪裕司（META＋MANIERA） |
| 印刷 | 株式会社暁印刷 |
| 製本 | 株式会社暁印刷 |



●お問い合わせ
https://www.kadokawa.co.jp/（「お問い合わせ」へお進みください）
※内容によっては、お答えできない場合があります。
※サポートは日本国内のみとさせていただきます。
※ Japanese text only

※定価はカバーに表示してあります。


ISBN978-4-04-915273-9　C0193　Printed in Japan

電撃文庫　https://dengekibunko.jp/